표류전쟁

서하 판타지 장편소설
FANTASY STORY & ADVENTURE

1

dream
books
드림북스

표류전쟁 1

초판 1쇄 인쇄 / 2014년 4월 1일
초판 1쇄 발행 / 2014년 4월 8일

지은이 / 서하

발행인 / 오영배
책임편집 / 편집부
펴낸 곳 / (주)삼양출판사 · 드림북스

주소 / 서울특별시 강북구 솔샘로67길 92
대표 전화 / 02-980-2112 팩스 / 02-983-0660
편집부 전화 / 02-980-2116 팩스 / 02-983-8201
블로그 / blog.naver.com/dreambookss

등록번호 / 제9-00046호
등록일자 / 1999년 3월 11일

값 9,000원

ISBN 978-89-542-5410-6 (04810) / 978-89-542-5409-0 (세트)

* 지은이와 협의하에 인지는 생략합니다.
* 잘못된 책은 구입한 곳에서 바꾸어 드립니다.

이 도서의 국립중앙도서관 출판시도서목록(CIP)은 서지정보유통지원시스홈페이지(http://seoji.nl.go.kr)와
국가자료공동목록시스템(http://www.nl.go.kr/kolisnet)에서 이용하실 수 있습니다.
(CIP제어번호: 2014010165)

표류전쟁

서하 판타지 장편소설
FANTASY STORY & ADVENTURE

1

dream
books
드림북스

차례

Chapter 1
그날, 시간의 흐름은 이상했다

금요일 아침.

주중 내내 부슬비가 내렸는데, 하늘은 구름 한 점 없이 맑았다.

교문으로 올라가는 언덕길은 가방을 멘 학생들로 가득했다. 날씨만큼 가벼워 보이는 학생들의 발걸음. 준수한 외모의 남학생이 긴 다리로 성큼성큼, 그들 사이를 통과했다.

준서다.

여학생 몇몇이 뺨을 붉히며 손을 흔들어 아는 척을 했다.

그러나 준서는 무심히 여학생들을 지나쳤다. 이렇게도 멋지게 맑게 갠 날이지만, 그 여자와의 일 때문에 마음이 무거웠기 때문이다.

가방이 뒤로 훅 젖혀져 돌아보니 성구였다.

"좋은 아침?"

"내일보단 나아."

"염세적인 새끼. 세상을 아름답게 보는 눈을 길러."

"참 좋겠어. 인생 단순해서."

성구가 한쪽 눈을 찡긋했다.

"오늘 일곱 시에 소개팅 잡혔다. 콜?"

"됐어."

"강남에서 제일 예쁜 애들만 다닌다는 세문 여고. 이래도 안 땡기셔?"

"전혀 안 땡기거든."

"후회한다."

"후회는 널 만난 걸로 충분해."

"혹시 신우 때문이냐? 이런 새가슴. 자고로 삼 처, 사 첩은 남자의 로망이거늘."

준서는 한심한 듯 성구를 쳐다봤다.

"넌 꿈이 뭐냐?"

"돈 버는 거."

"벌면."

"소고기 사 먹겠지."

어이가 없어서. 개그맨 흉내나 내냐고 핀잔을 주려는 순간, 시야가 흐릿해지며 성구의 얼굴이 일그러져 보였다. 어지러웠다.

왜 이러지?

"아침은 먹었냐?"

녀석은 밥 앞에서는 한없이 비굴해지는 유기견처럼 도리질을 했다.

"아뇨. 성구, 배고파요."

성구는 사람을 유쾌하게 만드는 재주가 있었다. 녀석의 너스레에 준서는 피식 웃고 말았다.

"튀김 우동. 콜?"

"수업 십오 분 전이다. 뛰자!"

준서는 성구와 함께 매점을 향해 힘차게 달렸다. 숨이 턱까지 차오를 때 성구가 물었다.

"헉헉! 준서야, 우린 커서 뭐가 되어 있을까?"

"……."

*　　　*　　　*

사회 시간은 솔직히 별 의미가 없다.

입시 중점 과목이 아니니까. 대부분의 학생들은 다른 공부를 하거나, 혹은 창밖을 쳐다보며 멍을 때리거나, 개중 용기(?) 있는 몇몇은 스마트폰을 열심히 문질러댔다.

그래도 S 대 출신의 사회 선생은 직분에 충실했다.

"과거, 재앙에 해당하는 큰 사고들이 많았다. 어떤 게 있었는지 누가 한번 일례를 들어 볼래?"

준서는 멍하니 창밖을 내다보며 성구가 한 말을 떠올렸다.

'그러게. 우리는 크면 어떤 사람이 되어 있을까.'

하늘은 눈이 시리도록 파랬다.

'어?'

그러다 갑자기 시야가 확 어두워진 것 같은 이상한 느낌이 들었다.

한순간 빛과 어둠의 비율이 역전된 것 같은 기분이었다. 가운데만 환했다. 마치 그곳에 광원(光源, 스스로 빛을 발하는 물체)이 되는 뭔가가 있는 것처럼.

동반되는 어지럼증. 자꾸 왜 이러지?

이번이 두 번째.

사회 선생이 이마를 짚고 있는 준서를 지목했다.

"야, 준서. 졸지 말고 일어나 대답해 봐."

준서는 엉거주춤 자리에서 일어섰다.

"죄송합니다. 질문을 못 들었습니다."

"재앙 같은 사고 사례를 들어 보라고 했잖아."

잠시 머뭇거렸다. 막상 떠오르는 건 생각하기조차 싫은 아픈 기억 하나뿐이기에.

"우리백화점 붕괴 사고요."

사회 선생의 반응은 황당했다. 우리백화점에 대해 전혀 모르는 투로 되물었던 것이다.

"우리나라에 그런 백화점도 있었냐?"

"네?"

"장난하나. 됐어. 다른 사람?"

"장난 아닌데요."

사회 선생이 반 전체에게 물었다.

"야! 그런 백화점이 어디 있어. 그리고 백화점이 무너지다니. 말이 돼?"

"분명 있었습니다."

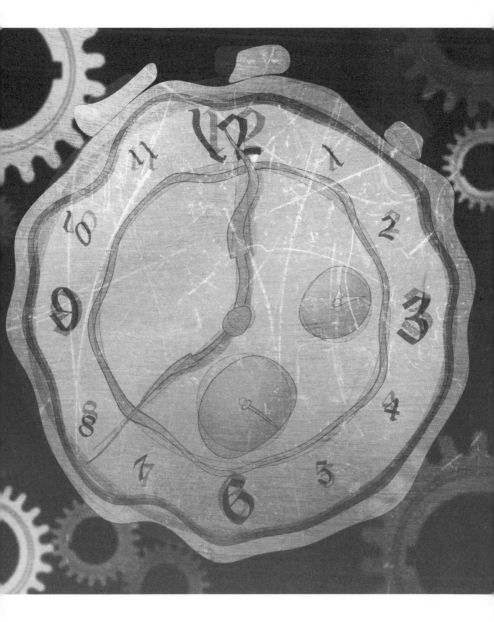

"야, 우리백화점이라고 들어 본 사람 있어?"

반 학생들의 반응은 죄다 똑같았다.

"글쎄요. 처음 들어 보는데요."

"우리? 혹시 슈퍼마켓 아니에요?"

반 짱 종철이는 책상까지 치며 웃어댔다.

"하하하. 아놔, 개 터져. 슈퍼마켓이래."

이 분위기는 뭐지? 다들 장난하는 건가? 놀림감이 된 기분에 준서는 주먹을 불끈 쥐며 소리쳤다.

"우리백화점 붕괴 사고에 대해 설명해드릴까요? 1995년 6월 29일 오후 5시 57분경 백화점 건물이 붕괴된 사건으로, 502명이 죽고, 937명이 다쳤으며, 6명이 실종되었습니다. 모를 수가 없죠. 세상 사람이 다 아는 분명한 재앙이었으니까요."

"그만 해라."

"정말 모른다고요?"

"아니, 그런 백화점이 없었다고."

더 이상 참을 수는 없었다.

사랑하는 엄마가 거기서 돌아가셨는데 어떻게 그 사고를 잊는단 말인가. 화가 치민 준서는 더욱 목청을 높였다.

"그날, 사망자 502명 중, 석 달 된 아기의 분유를 사러 갔다 죽은 여자가 있었습니다. 제 생일이 1995년 3월 20일. 그 아기는 저고, 죽은 여자는 우리 엄마입니다."

사회 선생은 물론, 반 학생들의 시선이 준서에게로 몰렸다.

"야, 무섭잖아. 그 말."

"뜬금없이 무슨 말을 그렇게 하냐?"

교실이 일순 술렁였지만 준서는 전혀 신경 쓰지 않았다.

"이제 되었습니까?"

"소설을 쓰는 것도 좋다만, 돌아가신 어머니까지 끌어들이다니. 너무 심한 거 아니냐?"

소설? 심한 건 니들이야. 그 사고를 부정하는 건 참을 수 없어.

"그만두죠."

준서는 이를 악물며 자리에 앉았다.

*　　　*　　　*

별로 기억할 만한 것이 없는 토요일 하루.

창밖에는 모노톤으로 헐겁게 저녁이 저물어 간다. 도서관 벽에 걸린 시계에 눈을 던지니 오후 5시 55분. 벽시계는 '무한도전 안 봐?'라고 친절을 떨었다. 준서는 더 어두워지기 전에 도서관에서 나왔다.

나오자마자 등 뒤에서 성구의 목소리가 들렸다.

"야, 어디 가냐?"

오금을 걷어차일 것 같은 낌새에 살짝 피하며 돌아보았다. 녀석은 폴로셔츠에 청바지로 잔뜩 멋을 낸 차림이었다.

"옷차림을 보니 어디 가는 건 넌데?"

"오오. 이런 날카로운 녀석."

성구가 어깨에 팔을 걸쳐왔다.

"친구야. 저길 봐라. 아름답지 않니?"

준서는 녀석이 가리킨 것이 남산 너머로 지는 노을이라고 착각했다.

"남산?"

"아니, 그 아래."

그러면 그렇지. 한낱 노을 따위에 관심을 가질 리가.

역시 한결같다. 녀석의 손가락이 가리킨 곳은 이태원 거리였다. 저녁 어스름이 되자 가로등에 노란빛이 들어오고 클럽의 네온들이 기지개를 켜는데, 이런 풍경은 남산 너머로 지는 노을과 맞물려 이국적 감상을 불러일으켰다.

"불타는 토요일. 달려 줘야지, 응?"

문득 소개팅을 한다고 들떠 있던 녀석의 모습이 떠올랐다.

"어제 소개팅은 잘했냐?"

성구는 시치미를 뚝 뗐다.

"뭔 얘기야. 누가?"

"너."

녀석은 아랫입술을 내밀며 어깨를 으쓱 쳐들었다.

"어제 절 만나셨어요?"

아니라는 건가. 쓸데없는 거짓말을 하는 듯해서 준서는 약간 짜증이 났다.

"장난쳐? 거금 천원을 들여 튀김 우동까지 퍼 먹었더니. 헛소리는."

"언제?"

"등교 시간에."

"친구. 오해하지 말고 들어. 나, 그 시간에 체육 선생한테 걸려서 닭똥 겁나게 치웠다."

"......"

"애 못 믿는 표정이네? 진짜야."

"내가 만난 건 누구냐? 너랑 많이 닮았던데."

"도플갱어?"

소개팅에 실패하고 쪽팔려서 이러나? 준서는 성구가 거짓말을 한다고 생각했다.

"관두자."

돌아서는 순간, 어지러움이 밀려오며 또다시 성구의 얼굴이 일그러져 보였다.

어제와 똑같은 현상이었다.

물체가 비현실적으로 왜곡되어 보이는 시간은 아주 짧았다. 3—4초 정도? 입이 마르고 현기증이 났다. 벌써 세 번째다. 도서관에 너무 오래 앉아 있었나.

"근데 나 오늘 소개팅 가는 거 어떻게 알았냐?"

"세문 여고라며."

"헉! 이 새끼가 동자 귀신이라도 씌웠나."

놀라는 표정이 진심 같아 섬뜩하다. 성구는 기억하지 못하는 일이 내게만 반복될 수 있을까? 아무리 생각해도 불가능한 일. 둘 중 하나일 것이다. 장난을 쳤거나 착각을 했거나. 하여간, 시간의 흐름은 이상했고 머릿속은 뒤죽박죽이었다.

"간다."

준서는 어리둥절한 표정으로 서 있는 성구를 놔둔 채 교문을 나섰다.

하늘이 꾸물거리더니 결국 비가 내리기 시작했다.

부슬부슬 내리는 약한 봄비였다. 준서는 집까지 남은 100미터 정도를 전속력으로 뛰어갔다. '이 정도 비는 맞아도 되잖아.'라는 생각이 들었을 땐 이미 현관문 앞이었다.

내 뇌는 언제쯤이나 좀 빨라질까.

그 여자가 집에 들어온 후에는 조용히 들어가는 게 습관이 되었다. 그 여자의 신발 옆에 가지런히 놓여 있는 아빠의 신발. 토요일 저녁인데 이렇게 일찍 들어온 건가.

이럴 때는 늘 조심스럽다.

기척을 들었는지, 허리에 꽃무늬 에이프런을 두른 그 여자가 긴 조리용 젓가락을 든 채 뛰어나왔다.

"왔어? 공부하느라 힘들었지."

"아뇨."

준서는 시선을 마주치지 않고 대답했다. 그것은 그 여자와의 거리였다. 그만큼의 거리를 유지하는 게 사진으로밖에 보지 못한 엄마에 대한 예의라고 생각했기에.

"아들 왔냐?"

"어."

"무한도전 안 봐?"

"애들이야?"

"난 뭐냐."

"철없는 어른."

예전 같으면 함께 텔레비전 앞에 앉아 시답잖은 농담을 던지며 토요

일 저녁을 보냈을 것이다. 그 여자가 집에 들어오기 전까지는 아빠와의
사이가 좋았으니까.

"야, 내가 널 어떻게 키운 줄 알아?"

"알아. 오만 번은 들어서."

"오만 번까지는 아닌 거 같은데. 내가 그렇게 많이 했나?"

"생색의 달인이시지."

아빠는 다시 무한도전에 빠져들었다.

"에이. 박명수는 왜 나오는 거야. 쟤가 어디가 웃기다고."

"얼굴이 웃기잖아."

"흐음, 그렇게 접근해 보자면 굿 캐스팅이군."

아빠는 약간 과장되게 유쾌하게 굴었다. 안다. 이런 불량한 태도에도
웃고 넘어가 주는 건 미안함 때문이리라.

그 여자가 방까지 따라 들어왔다.

"옷 갈아입을 건데요."

"받아주려고."

"아빠한테만 신경 쓰시면 돼요."

"난 네게 잘 보이고 싶어."

"저, 열여덟 살이에요. 키가 선생님보다 15센티미터는 더 크고요. 그
러니까 옷은 혼자 갈아입을 수 있다고요."

"나이는 내가 열두 살 많아."

준서는 교복 단추를 풀던 손을 잠시 멈췄다.

"그러니까, 나랑 선생님이랑 열두 살 차이. 아빠랑 선생님이랑 열네
살 차이. 그러면 숫자 2만큼 나랑 가까워야 하는 거 아닌가요? 그렇게

가르쳤잖아요. 나한테 수학을."

한때, 과외 선생이었던 여자. 앞으로는 새엄마라 불러야 할지도 모른다.

"그런데 숫자 2만큼 멀어진 느낌은 뭘까요."

"2가 그리 큰 수는 아니잖아."

준서는 엄지로 책상 위의 작은 액자를 가리켰다.

"여기 엄마 사진 있거든요."

"미안해. 노력하면 나아지리라 생각했는데…… 생각이 짧았어. 나갈게."

엄마의 사진 얘기는 비수였다. 그 여자의 심장을 깊숙이 찔렀을 것이었다. 말할 때, 목젖이 흔들리는 걸로 봐서 울먹인 게 분명했다. 그리고 돌아서는 하얀 볼에는 눈물마저 보이는 것 같았다.

잠시 후.

부엌 쪽에서 냄비를 겹쳐 정리하는 소리가 들렸다.

그 소리는 슬펐다.

'너무 심했나? 후우, 그럴 생각은 아니었는데.'

준서는 미술 도구를 챙겨 집에서 나왔다.

*　　*　　*

준서는 미술실용 큰 책상에 올라가 벌렁 드러누웠다.

'역시, 여기가 제일 편해.'

얼마나 잤을까.

눈을 떴을 땐 이미 밤 8시였다.

어두워진 뒤 미술실의 모습은 그다지 낭만적이진 않았다.

하얀 커튼에 드리워진 형광등의 잔상은 병약한 이미지를, 천장에 닿을 듯 서 있는 조각상들은 그로테스크한 분위기를, 캔버스 천에 찌든 유화 기름 냄새는 중세 고성(古城)의 지하실에라도 들어온 느낌을 주었다.

"깼어?"

느닷없이 들려온 말소리에 깜짝 놀라 돌아보니 신우였다. 신우는 옆에 앉아 턱을 괸 채 눈웃음을 짓고 있었다.

"뭐야. 전화도 안 받고."

"여기 있는지 어떻게 알았어?"

"갈 때가 여기밖에 더 있어?"

"깨우지. 왜 기다렸어. 힘들게."

"니 여자니까."

신우는 종종 과감하다. 말도 행동도.

"그런데 말이야. 아까 수업 시간에 한 엄마 얘기 진짜였어? 나는 미국에서 태어나서 잘 모르잖아."

"어."

"기분 많이 나빴겠다."

준서는 눌린 머리를 긁적였다.

"그렇지, 뭐."

"우리 검색해 볼까? 니 말이 사실인 걸 금방 확인할 수 있잖아."

"그러게. 왜 그 생각을 못 했지?"

준서는 스마트폰을 꺼내 인터넷 검색창에 '우리백화점 붕괴 사고'라는 키워드를 쳤다. 그리고 생침을 꿀꺽 삼키며 기다렸다.

―검색 결과가 없습니다.

"없어."

"안 나와?"

"응."

모든 포털 사이트에서 검색해 보았지만 결과는 마찬가지였다.

어떻게 이럴 수가 있지?

자각몽(自覺夢, 꿈이란 사실을 알고 꾸는 꿈)이라도 경험하는 게 아닌지 의심스러웠다. 지금 심정은 마치 짙은 그림자 속에 서 있는 기분이었다.

띠―링.

그때, 알 수 없는 전화번호로 문자 메시지가 왔다.

불길한 예감이 들어 준서는 조심스럽게 편지 봉투처럼 생긴 문자 아이콘을 눌렀다.

[우리백화점이 무너진 건 사고가 아닐세. 세상 사람들은 다들 사고라 말하겠지만, 나는 그걸 범죄라고 표현하네. 과거 분명히 발생했던 일인데 사람들은 왜 기억하지 못할까, 왜 세상에서 흔적 없이 사라졌을까. 궁금하지 않나? 몹시 궁금하겠지. 그러나 너무 조급하게 굴지 말게. 곧 사실을 알게 될 테니. 놀랄 것도 없네. 이건 시작에 불과하니까.]

[누구세요?]

[자네를 믿는 사람.]

*　　*　　*

신우를 처음 본 건 작년 크리스마스 날 미술실에서였다.

열일곱 소녀의 첫인상은, 미술실의 찬 공기 속에서 돌연히 움직임을 멈춘 정물(靜物) 같은 느낌이었다.

신우의 눈웃음에 가슴은 뿌리째 흔들렸다.

첫사랑?

정확지는 않아도 그런 감정에 가깝지 싶다. 피가 머릿속에서 방망이질을 하고, 꿈결 같은 느낌이 심장에서 아릿대는 그런 거.

신우의 흰 양말과 단화.

목덜미에 흐트러진 머리카락.

햇볕에 그을린 둥근 목덜미.

팽팽한 어깨와 그 밑에서 크게 물결치는 숨결.

빨갛게 달아오른 귓불.

그날 이후, 신우가 지닌 빛나는 아름다움은 온전히 준서의 뇌를 지배하기 시작했다.

"내가 기분 풀어 줄게."

"괜찮아."

신우는 가만히 준서의 손을 잡아끌어 자기 가슴에 올려놓았다. 부드러움과 두근거림이 동시에 느껴졌다.

"완전 빵빵하지?"

신우에겐 욕을 입에 달고 다니는 요즘 여학생들에게서는 볼 수 없는 끌림이 있었다. 웃을 때 손을 가린다거나. 어색하면 볼을 살짝 붉힌다거나, 아마도 수줍음? 그런 것 같았다.

미안한 생각에 손을 빼며 말했다.

"나 남자야. 달리 바라는 거 있어?"

신우는 귀엽게 붉어진 뺨을 감싸 쥐었다.

"앗, 들켰다."

"너도 참."

"달리 바라는 게 있다면 용기를 내볼 거야?"

"뭔데?"

"키스."

"넌 가끔 날 너무 놀라게 해. 가자. 바래다줄게."

"뭐야. 지금 포기하는 거야? 이렇게 상큼한 여자를 놔두고 도망치는 거냐고."

"소인, 아직 학생입니다요. 마님."

사거리에서 D 대학 후문 쪽으로 걸어 올라가는 길은 호젓했다.

준서는 신우의 손을 잡고 걸었다. 이렇게 한가로이 걸으면 기분이 좋아진다. 사회 시간에 있었던 일을 마음속에서 떨쳐내기로 했다. 지금은 신우에게만 집중하기로.

고등학생이 교복을 입고 데이트를 할 만한 장소는 거의 없다. 사실 장소가 아니라 시선의 문제지만.

하지만 개의치 않았다.

어른들의 시선 따위는 개나 줘 버리라지. 한남동 길은 그런 면에서 자유로워서 좋았다. 더구나 가로수가 멋지게 우거진 거리는 많지 않으니까.

은은하게 바람이 불어온다.

바람에 젖혀진 네이비 교복 칼라와 신우의 희고 긴 목덜미가 선명하게 대비되었다.

예쁘다.

시선을 의식했는지 신우가 고개를 획 돌렸다.

"나, 너무 예쁘지?"

"응. 미술실에서 그냥 나온 거 후회 중."

신우가 까르르, 하고 목젖이 보이도록 웃었다.

"머슴, 그니까 용기를 내보지 그랬어."

"그게 나란 놈이지."

"싫어. 그런 말투."

"알았어. 다음에는 용감해질게."

"꼭!"

신우의 집은 유엔 빌리지 고개를 넘어 한강이 내려다보이는 곳에 있었다. 나뭇잎 사이로 언뜻언뜻 보이던 계단을 둘이서 오르기 시작했다.

신우가 계단의 수를 셌다.

"하나, 둘, 셋……."

투명한 풀 냄새가 콧등을 간질였다.

숨을 쉴 때마다 몸이 풀빛으로 물들어 가는 느낌이었다. 계단의 끝에, 이른바 저택이 고성처럼 버티고 있었다. 평창동이나 성북동에 준하는 부촌답게 담쟁이넝쿨의 끝이 보이질 않았다. 처음 왔을 때의 감상은 '신우는 이런 데서 사는구나.'였었다.

늘 그랬듯, 집 앞에서 헤어질 것이다.

들어가기 전에 신우가 말했다.

"오늘은 일기 쓸 거야."

"특별한 날이야?"

"무려 30분이나 손을 잡고 걸은 날."

"그런 게 특별한가?"

"여자한텐 특별하거든!"

"미안."

준서가 머쓱해하자 신우는 화제를 딴 데로 돌렸다.

"다음 주에 우리 소풍 간대."

"그래? 난 왜 몰랐지?"

"미술실에서 잠이나 자는 불량 학생은 당연히 모르지."

"알았어. 갈게. 내일 봐."

"우리 꿈에서 볼까?"

"찾아갈게."

"꼭!"

그녀를 들여보낸 후, 눈썹을 찡그리고 밤하늘을 쳐다보았다.

별처럼 많은 꿈들.

문득, 그런 궁금증이 들었다.

사람들이 꾸는 수많은 꿈 중에 신우의 꿈을 알아볼 수 있을까.

*　　　*　　　*

"신우는 잘 지내냐?"

집에 들어가니 아빠가 거실에 책상다리를 하고 앉아 맥주를 마시고 있었다. 부엌에서는 튀김을 만드는 냄새가 났다.

"그렇지, 뭐."

"짜식, 무슨 연애가 그렇게 밍밍하냐?"

"안 밍밍해."

"그래? 그럼, 키스는 했어?"

"신우와의 연애를 아빠랑 공유하고 싶지 않거든."

"짜식, 치사하게."

그러다 몹시도 재미있는 말을 들었다는 듯이 아빠는 어깨를 흔들며 웃었다.

"7 곱하기 9는 63이지. 어떻게 그걸 모를 수가 있냐. 김종민이 바보 아니냐?"

아빠는 1박 2일 재방송을 보고 있었다. 그럼 김종민이 천재겠어? 이야기는 끝인가 싶어 부엌으로 가려고 했더니 아빠가 다시 이쪽을 돌아보았다.

"신우는 어디 사냐?"

"한남동."

"어, 한남동 어디. 유엔 빌리지 쪽? 아님 보광동 쪽."

"유엔 빌리지."

"오 마이 갓! 우리 아들 능력자인데? 야, 너 공부 안 해도 되겠다. 요 다음에 아빠가 한우 투 플러스로 대접하겠다고 신우한테 전해라."

사실은 아빠에게 물어보고 싶은 게 있었다. 요즘 들어 겪은 이상한 일들에 대해 말이다. 그러나 미친놈 소리를 들을까 봐 그냥 포기했다.

"말해 둘게."

적당히 고개를 끄덕이며 준서는 그 여자의 가슴에 찔러 넣은 비수를 떠올렸다. 퍼렇게 멍이 들었겠지.

사과할까?

부엌으로 들어가 냉장고에서 보리차를 꺼냈다. 가스레인지 앞에서 그 여자는 조리용 젓가락을 든 손을 멈춘 채, 불 위에 올린 프라이팬에 시선을 고정하고 있었다. 입술은 가볍게 다물었으나 눈은 다른 곳을 보고 있는 듯했다.

환기팬이 돌아가는 소리에 들어온 것을 알아차리지 못한 모양이었다. 준서가 싱크대에서 컵을 꺼내자 그 여자가 화들짝 놀라 얼굴을 돌렸다.

"어머, 왔구나. 미안해. 정신이 팔려서."

어색함을 감추려고 만들어 낸 미소가 얼굴에 떠올랐다.

"밥 먹어야지. 금방 차릴게."

"신우랑 먹었어요."

"그래? 튀김을 했는데, 솜씨가 없어서. 내가 만든 건 먹지 않을 거지?"

"먹을 건데요."

준서는 이미 만들어진 튀김을 집어 입에 넣었다.

"소풍 가요. 도시락 준비 좀 해 주세요."

그 여자는 약간 놀란 표정을 지었다.

"소풍 간다고요."

다시 말하자 그제야 조그맣게 웃으며 좋아했다.

"아, 정말? 열심히 준비할게. 기회를 줘서 고마워."

"대충 싸면 돼요. 초등학생도 아닌데."

텔레비전을 보는 척해도 우리의 대화를 듣고 있었던 모양이었다. 아빠가 득달같이 달려와 지갑을 열었다.

"아들 소풍 간다고? 그럼 돈을 두둑이 가져가야지. 남자는 자고로 주머니에 돈이 있어야 어깨에 힘이 들어가는 법이거든."

오만 원짜리 지폐가 두 장. 남자란 동물은 자기 여자한테 잘해 주면 좋아한다. 이 돈은 그 여자에게 잘해 준 것에 대한 포상일 것이다.

"더 필요해? 신우랑 영화, 오케이?"

"됐어."

그 여자의 목소리는 한층 들떠 있었다.

"저 마트에 다녀올게요. 미리 준비하고 싶어요."

준서는 아빠에게 받은 돈을 들어 보였다.

"내가 갈게요. 튀김 마저 하세요."

"아들! 안 먹고 기다릴게. 빨리 다녀와!"

아빠가 좋아하는 것을 보니 한결 마음이 편했다. 역시 가족이란 이런 것이다.

*　　　*　　　*

다시 이상한 현상을 경험한 건 마트의 계산대였다.

계산원과 실랑이를 하는 짧은 곱슬머리의 아저씨의 얼굴이 일그러져 보였다. 처음에는 사람의 얼굴만 그랬지만, 오늘은 다른 사물들도 일그러져 보였다. 역시 3—4초. 이번에는 어지러움에 이명(耳鳴)이 동반되었다.

그리고 일종의 데자뷔랄까.

계산원의 표정, 사람들의 움직임, 진열대, 조명까지도 과거에 겪었던 상황 같았다. 한 번은 본 듯한 그런 장면. 뭔가 알게 될 것 같은 예감에 느닷없이 가슴이 술렁거렸다.

'저 아저씨. 환불이 안 된다고 말하니 하자가 있는 물건을 판다고 고함을 친 것 같았어.'

"죄송합니다, 손님. 영수증이 없으면 환불이 안 됩니다."

"영수증은 버렸지. 하자가 있는 물건을 팔고 왜 환불이 안 된다는 거야. 여기 점장 나오라 그래!"

"……!"

예감이 맞았다. 예감이 아니라 이미 경험한 것인지도 몰랐다.

무섭다.

모든 것을 뒤흔들어 놓을지도 모를 사건이 다가오는 듯한 불길함이 발끝부터 기어 올라왔다.

그리고 또 하나의 예감.

"야, 어디 가냐?"

성구다. 아니, 성구란 걸 알고 있었다. 아까 데자뷔 현상이 일어날 때부터 녀석이 나타날 것 같은 예감이 들었었다. 폴로셔츠에 청바지를 입었겠지? 정말이지, 돌아보고 싶지 않았다.

"소개팅 가냐?"

"오오. 이런 날카로운 녀석."

"세문 여고?"

성구는 개그 콘서트에 나오는 오랑캐 흉내를 냈다.

"어떻게 알았지?"

대체 어떻게 이런 일이.

준서는 미쳐 버릴 것 같은 감정을 억누르며 말했다.

"알아."

"어떻게?"

어제, 그리고 불과 몇 시간 전에 일어났던 일이니까.

이건 장난이 아니다. 똑같은 일이 반복되는 게 분명했다.

떨렸다. 다리도 후들거렸다.

어딘가로 몸이 빨려 들어가는 듯한 공포에 떨림이 멈추질 않았다.

내일이면 성구는 또 오늘을 기억하지 못할까?

다시 어지러움. 일단 어디에 앉기라도 하고 싶었다. 준서는 턱으로 푸드 코트 쪽을 가리켰다.

"튀김 우동?"

"콜!"

*   *   *

똑같은 일상이 반복되었다.

소풍 당일.

교실에서 출석만 체크한 학생들은 줄줄이 밖으로 나가, 학교 건물을 둘러싼 언덕을 내려가 교정으로 걸어갔다. 넓디넓은 교정은 환한 햇살을 받아 아름답게 빛나고 있었다.

고개를 들어 하늘을 올려다보았다.

가슴이 확 트이는 푸른 하늘이란 이런 것이겠지.

"안녕."

신우다.

신우는 목이 길고 갸름한 얼굴로 빙그레 웃고 서 있었다. 준서는 상냥한 미소를 향해 손을 들어 주었다.

"안녕."

"왜 아침부터 지친 얼굴이야?"

"으응. 잠을 설쳤어."

"설마 소풍 때문에?"

"아니."

"그럼, 혹시 야동?"

"그건 중2 때 퀘스트 마쳤고요."

"픕!"

"우린 몇 호 차야?"

"3호차래."

신우와 같이 막 버스에 올라타려고 할 때였다.

누군가 고래고래 소리를 치며 빛의 속도로 달려왔다. 귀찮은 것과 몸을 움직이기 싫어하는 지각 대장에다가, 절대 성실하다고 말할 수 없는 성구였다.

"같이 가. 나 아직 안 탔어!"

똥색 얼굴로 달려오는 얼빠진 녀석을 보며 준서와 신우는 웃어 버렸다.

창을 열자 얼굴에 차가운 바람이 스쳤다.

팔당 대교를 지나자 물의 기운이 가까이에서 느껴졌다. 강에서 올라오는 물비린내였다. 팔당 대교 아래로 시간이 텅 빈 경춘선 철로가 보였다. 그와 달리 새로 뚫린 국도에는 화요일의 차들이 씽씽 달렸다.

'소풍은 올해가 마지막인가.'

내년에는 진학반이 되니 체육 대회나 소풍은 없을 것이었다. 물론 미술부가 주최하는 학교 축제도 마찬가지였다.

그리 생각하니 왠지 마음이 이상해졌다.

이렇게 해서 두 번 다시 하지 않을 행동과 두 번 다시 오지 않을 장소가 어느 틈엔가 자신의 뒤로 쌓여 가는 것.

늙는다는 얘기니까.

준서는 미숙했던 청춘의 시간을 애도했다.

'잘 가라.'

신우가 가방에 손을 넣어 바스락, 무언가를 찾았다.

"간식으로 샌드위치를 가져왔어. 아줌마한테 채소를 많이 넣어달라고 했어."

뒷자리에 있던 성구의 상체가 눈알을 쏟아낼 듯이 넘어왔다.

"우와, 고마워. 신우야."

"너 줄 거 아니거든?"

이렇게 바쁜 아침에 샌드위치를 싸 올 생각을 하다니. 역시 신우다운 마음 씀씀이였다. 말은 그리해도 착한 신우는 성구까지 챙겼다.

띠—링.

신우가 준비해 온 샌드위치를 먹고 있는데 뜬금없이 문자가 왔다.

기억이 맞는다면, 이 번호는 '자네를 믿는 사람'의 것이다. 문득, 지금껏 일어난 이상한 일들이 이 사람과 관련이 있을 것 같은 생각이 들었다. 준서는 두근거리는 심정으로 메일을 열었다. 메일에는 포털 사이트 주소가 링크되어 있었다.

틱.

차량 사고에 관련된 기사였다.

천천히 읽어 보던 준서의 시선은 얼어붙고 말았다.

"……!"

서울 북 고교 소풍 버스 북한강으로 추락. 탑승자 전원 사망.

Chapter 2
시간의 재구성

금일 오전 10시 20분, 양평으로 소풍을 가던 스쿨버스가 브레이크 파열로, 철제빔으로 만들어진 1미터짜리 추락 방지턱을 들이받고 북한강으로 추락하여 탑승자 전원이 사망하는 안타까운 사고가 일어났다. 탑승자는 대부분 서울 북고 2학년 4반 학생들로, 사망자 명단은 다음과 같다. 교사 양세종(42세 男)…… 윤준서(18세 男), 이신우(18세 女), 장성구(18세 男) 등등.

최상진 기자 ad2525@naver-com [인터넷 매일 뉴스. 단독]

10시 20분.

시간을 나타내는 숫자가 동공에 선명하게 각인되었다.

준서는 재빨리 스마트폰을 보았다. 액정 화면에 표시된 시간은 9시

55분이었다.

지금부터 25분 후에 우리가 전부 죽는다고?

심장박동 수가 빨라졌다.

어떻게 이런 말도 안 되는 일이. 대체 이 문자를 보내는 사람은 누굴까. 이런 문자를 왜 보내는 걸까. 장난이라면 정도가 지나쳤고, 장난치고는 너무 리얼하다.

확인해 보지 않을 수 없었다.

[네, 매일 뉴스입니다.]

"거기 최상진 기자라고 계신가요?"

[최 기자님, 오늘 상수원 실태 조사하러 북한강에 나갔습니다.]

실제로 존재하는 기자가 쓴 것이다.

게다가 북한강에 취재하러 나갔다고? 몇 가지 정황으로 미루어 사실 쪽에 무게가 쏠렸다. 그렇다면 메시지를 보낸 그 사람은 누구지? 어떻게 25분 뒤의 일을 알고 있는 거지? 도저히 믿어지질 않았다. 준서는 역으로 메시지를 보냈다.

[사실인가요?]

기대하지 않았는데 뜻밖에도 바로 답신이 왔다.

[자네의 시간에서는 불확실한 미래겠지만, 내 시간에서는 확정된 과거의 사실일세.]

[당신은 미래를 안다는 말인가요?]

[똑똑하군.]

[가능한 얘기입니까?]

[시간의 개념에 대해 설명해 줄 필요가 있겠군. 과거는 추억할 수 있

네. 하지만 바꿀 순 없지. 미래를 추억할 순 없네. 하지만 바꿀 순 있지. 이것이 과거와 미래의 차이일세. 이해하겠나?]

[바꾸라면, 나더러 25분 뒤에 일어나는 사고를 막으라는 얘기예요?]

[미래를 바꾸지 않으면 죽게 되네. 자네가 좋아하는 신우와 함께. 이대로 과거의 추억이 되고 말 텐가? 달랑 기사 한 줄 남기고. 그것도 금방 잊혀지겠지만.]

신우의 존재까지 알고 있다.

그래도 믿지 못한다고 생각했는지 상대는 또다시 링크를 걸어왔다. 이번에 보여준 미래는 더욱 최악이었다. 학교에 차려진 공동 분향소 사진, 친구들의 오싹한 영정, 그 앞에서 오열하는 학부모들, 한 장의 사진에 너무 많은 슬픔이 담겨 있었다.

준서는 공포의 밑바닥을 본, 절망적인 기분에 사로잡혔다.

[너무 우울한 미래만 보여 주었나? 이번엔 밝은 걸로 찾아보지. 아이유가 남자랑 찍은 사진을 스스로 올렸군. 상대가 멸치라니, 실망인데? 오, 여기 재미있는 기사가 있군. 싸이의 강남 스타일이란 곡이 빌보드 차트 2위까지 올랐네. 대략 6개월 정도 후에. 양현석이는 대체 얼마를 번 거지? 그리고 오바마가 재선에 성공했군.]

[최근에 나한테 일어난 이상한 일과 관련이 있나요?]

[앞으로는 그런 현상이 더욱 빈번해질 거야.]

[내가 할 수 있는 게 뭔데요.]

[버스를 세워.]

[제가 못 하면요?]

[그대로 과거가 되겠지.]

[아무도 내 말을 믿지 않을 거예요. 저번에 사회 시간에도 그랬어요. 미친놈만 될 뿐이에요.]

[알고 있어. 하지만 아직 시작도 안 했잖아. 자, 이제 시작하자고, 소년.]

10시 05분.

이제 남은 시간은 15분이다.

준서는 어깨에 기대 잠든 신우를 흔들어 깨웠다.

"신우야, 신우야. 잠깐만."

"으응. 왜? 다 왔어?"

신우가 깬 걸 확인한 후 준서는 정신없이 운전석으로 걸어갔다. 그리고 기사 아저씨에게 말했다.

"아저씨, 차를 세워 주세요. 당장."

기사 아저씨는 심드렁하게 반응했다.

"왜, 오줌 마렵냐? 마려워도 좀 참아라. 여긴 국도 이 차선이라 못 세우니까."

"그게 아니라 사고가 날 거예요. 차를 세우지 않으면 모두 죽는다고요."

"하하. 왜 사고가 나. 잘 달리잖니. 나도 자식 놈들이 있어 조심한다."

"브레이크가 망가질 거예요."

"오늘 아침에 차량 점검하고 나왔는데 멀쩡한 브레이크가 왜 망가져. 서 있는 게 더 위험하다. 가서 앉아라."

입씨름을 하는 동안 또 5분이란 시간이 지나갔다.

이걸 어떻게 설명해야 한단 말인가.

미칠 것만 같았다. 담임 양세종이 준서에게 주의를 주었다.

"준서. 네 자리에 가서 앉아. 운전에 방해되잖아."

"선생님, 제발 내 말을 믿어 주세요."

퍽.

그때, 뒤에서 발길질이 날아왔다.

소위 '짱'이라는 종철이었다. 준서는 옆구리에 심한 통증을 느끼며 욱 소리와 함께 버스 통로에 쓰러졌다.

그러자 놈이 쓰러진 준서를 발로 밟아댔다.

"이 새끼가 사회 시간에도 헛소리를 하더니. 가서 안 찌그러져?"

"네가 뭘 알아?"

준서는 일어서며 종철의 발을 붙잡고 밀어 버렸다.

그리고 넘어졌다가 다시 일어나는 종철의 얼굴에 주먹을 날렸다. 입술이 터지면서 붉은 피가 흘렀다. 종철은 피가 흐르는 입술을 닦으며 씩, 하고 웃었다.

"이 새끼 패기 좀 보게?"

"도시락 먹을 시간도 아닌데 왜 기어 나와."

"하여간 범생이들이 똘짓하면 감당이 안 된다니까. 공부하다 뇌수가 터졌냐? 분간이 안 돼?"

"그러는 넌! 한자로 이름은 쓸 줄 아냐?"

"이 새끼가 진짜 뒈지려고!"

그때, 둘을 뜯어말린 것은 담임 양세종이었다.

"준서, 그만 해. 종철이도 그만 하고. 준서는 제자리에 앉고, 종철이는 맨 뒷좌석으로 가."

종철이 가면서 손으로 목을 긋는 시늉을 했다.

"도착하면 넌 뒈졌어."

준서는 가운뎃손가락을 쳐들었다.

"꺼져!"

버스 안은 조용해졌다.

준서의 이상한 행동으로 분위기가 가라앉은 탓이었다. 창문으로 자잘한 냉기가 흘렀다. 자잘한 냉기는 강 수면에 부딪치며 빠르게 물안개를 만들어냈다. 멀리 산과 나무들의 윤곽이 점점 흐릿해져 갔다.

신우가 걱정스럽게 물었다.

"왜 그랬어?"

"아냐."

10시 10분.

이제 남은 시간은 10분이다.

아직도 믿을 순 없지만, 말을 해야 한다는 강박이 머리를 옥죄었다. 자신도 믿지 못하는 걸 신우에게 설명하자니 답답했다. 그래도 해야 한다. 신우가 타고 있으니까.

"신우야."

"응?"

"나 믿어?"

"당연하지."

"무슨 말을 해도?"

"응. 믿어."

"놀라지 말고 들어. 우리가 탄 버스가 강물로 추락할 거야."

신우의 얼굴이 파랗게 질렸다.

"왜 그런 말을 해. 무섭게."

"사고 시각은 10시 20분. 지금부터 10분 뒤."

"그, 그건 미래를 안단 말이잖아."

"응. 우리의 사고 소식은 10시 29분에 매일 뉴스 단독으로 기사화될 거야. 그리고 각 포털에 퍼져."

"우린 어떻게 됐어?"

"전원 사망했고 사망자 명단에 나, 너, 그리고 성구도 있었어. 나 그 기사를 봤어."

"예지몽?"

"꿈 아냐, 신우야. 사실이야."

"우리 죽은 거래?"

"응."

신우의 대답이 없자 시간이 정지한 것 같았다.

아침 해는 마침내 짙은 안개 속으로 모습을 감추었고, 국도는 점점 아무것도 보이지 않게 되어 갔다.

신우가 준서의 팔을 끌어안으며 어깨에 얼굴을 묻었다.

"나…… 무서워."

빠앙!

그때 기사 아저씨가 누른 클랙슨 소리에 문득 앞을 보니, 저 멀리 길 앞쪽에서 빨간 후미등이 떠올라 있는 것이 보였다. 후미등의 빨간 불빛이 서서히 또렷하게 보이기 시작하면서 자동차 한 대가 길 오른쪽에 차체를 바싹 대고 서 있다는 걸 알 수 있었다.

담임 양세종이 소리쳤다.

"기사님, 앞에 차요!"

"이런!"

끼이이익!

칼날 같은 브레이크 소리가 아침 공기를 잡아 찢었다. 그리고 버스가 크게 휘청이며 왼쪽으로 쏠렸다.

"꺄악!"

여학생들이 동시에 비명을 질렀다.

다행히 버스는 정차하고 있던 자동차를 피했지만, 브레이크가 파열된 채 중앙선을 넘나들며 질주하기 시작했다.

"무슨 일입니까, 아저씨."

"저 차 피하려다가 브레이크가 고장 났어요."

"예? 준서가 말한 대로요?"

학생들이 술렁였다.

"준서는 어떻게 안 거지?"

10시 13분.

이제 남은 시간은 7분이다.

이유는 알 것 없다. 모든 건 결과다. 결과가 말해 주고 있다. 인터넷 기사가 사실이라고. 그러나 아무리 생각해 봐도 막을 방법이 없다. 준서는 자포자기한 심정으로 눈을 감았다.

"준서야."

"응?"

"네 말이 맞나 봐."

"아마도."

"다행이야. 이 순간을 같이해서."

신우는 늘 한결같다. 이런 상황에서 그런 말을 하다니. 속에서 울컥하고 뭔가가 올라왔다.

"나는 상관없어. 그렇지만 널 죽게 내버려 둘 순 없어."

"그러면 남겨진 나만 불행하잖아. 내가 만약 칠십 살까지 산다면, 널 다시 만날 때까지 오십이 년을 기다려야 해. 싫어. 너무 길어. 우리 그냥 함께 있자. 응?"

10시 15분.

이제 남은 시간은 5분.

여학생들이 잔뜩 겁에 질린 목소리로 준서를 찾았다.

"준서야. 네가 한번 나가 봐."

"그래. 넌 알고 있었잖아."

준서는 신우를 힘껏 끌어안았다. 그리고 이마에 입술을 대며 말했다.

"기다려. 돌아올게."

"꼭."

준서는 좌우로 휘청거리는 버스 통로를 지나 운전석으로 갔다. 기사 아저씨는 식은땀을 흘리며 운전대를 꽉 잡고 있었다.

"제길, 속도가 안 준다. 속도가 줄어야 하는데. 그래도 걱정하지 마라. 아저씨가 어떻게든 해 볼 테니까."

"이럴 땐 보통 어떻게 대처하죠?"

"낸들 아냐. 당해 봤어야 알지. 빌어먹을 놈이 아침에 정비를 어떻게 했기에."

"응급조치 요령 없어요?"

"가드레일에 조금씩 부딪쳐가며 속도를 줄여 볼 생각이다."

"아뇨. 위험해요."

"1미터짜리 철제 빔이다. 강물에 처박지 말라고 만들어 놓은 거니 믿어 봐야지."

"아저씨!"

가가가각!

기사 아저씨가 핸들을 조작하여 버스 몸체를 가드레일에 살짝 부딪었다. 버스가 반대편으로 튕겨 나가듯 크게 휘청했다. 베테랑다운 실력이었다. 위험했던 반면 속도가 많이 줄어든 것이다.

"됐다. 이런 식으로 몇 번 하면 차를 세울 수 있을 거다."

그래도 준서는 불안감을 떨칠 수 없었다.

"가드레일은 위험하다니까요."

"매뉴얼에도 나와 있는 방법이야."

가가가각!

두 번째 시도에 속도가 절반 이상 줄어들었다. 현재 속도는 시속 30킬로미터. 기사 아저씨의 표정이 한층 밝아졌다.

"오케이. 됐어."

"버스가 가드레일을 들이받고 추락한다고요. 그러니 가드레일에서 떨어져야죠. 아저씨, 핸들 좌측으로 트세요."

"왜?"

"이유는 몰라요."

"장난 하냐! 이유도 모르면서. 걱정 마. 이 정도 속도로는 추락 안 해."

준서가 봐도 그러했다.

시속 80킬로미터로 달리던 버스를 30킬로미터의 속도로 떨어뜨린 것만으로 기사 아저씨의 운전 실력은 믿을 만했다. 게다가 이 정도 속도라면 그냥 주행해도 무방할 것 같았다.

그러나 인터넷 기사를 또렷이 기억할 수 있다.

스쿨버스가 가드레일을 들이받고 북한강으로 추락했습니다.

글자 하나하나가 너무도 선명했다.

빵빵.

짙은 안개 속에서도 반대편 차선에서 달려오는 원뿔 모양의 헤드라이트 빛은 분명하게 보였다. 이쪽으로 달려온다 해도 피할 수 있는 수준. 게다가 서로 경적까지 울려 주며 안전 운행을 하고 있었다.

생각했다.

이 상황에서 강으로 추락할 가능성이 있을까.

한 가지 불안함이 머리를 퍼뜩 스쳤다.

만약, 헤드라이트가 꺼진 차량이 중앙선을 침범한다면? 부딪쳐서 튕겨 나가거나, 피하다가 가드레일을 들이받고 말 것이었다.

경우의 수는 그것 딱 하나였다.

10시 19분. 사고 1분 전.

시계(視界)는 완전히 제로였다.

마침 반대편 차선에도 오는 차가 없어 버스는 홀로 헬 게이트를 향해 달려가는 것 같았다. 안개가 흐르기 시작했다. 안개는 유리창과 부딪치고는 뒤쪽으로 획획 흘러갔다.

심장이 쿵, 쿵, 쿵, 쿵, 격렬하게 뛰었다.

"아저씨, 핸들을 좌측으로 틀어요!"

"역주행하란 말이냐?"

"예."

"아니, 이 녀석이."

"제발, 핸들 꺾으란 말이에요!"

준서는 기사 아저씨를 밀치고 핸들을 잡아 좌측으로 틀어 버렸다. 순간, 대형 차량이 옆으로 지나갈 때나 경험할 수 있는 공기의 파장이 훅, 하고 느껴졌다.

후—웅!

시커멓고 거대한 물체.

정확히는 못 봤으나 탱크로리 같았다. 무슨 이유에서인지 탱크로리는 중앙선을 침범하여 달려왔고, 헤드라이트는 꺼져 있는 상태였다.

준서의 예상대로.

"꺄악!"

쿵. 탱크로리가 살짝 부딪치며 버스를 스치자, 여학생들의 비명이 다시 터져 나왔다. 버스는 도로를 벗어나 짙은 안개가 깔려 있는 산허리를 향해 직진했다. 속도는 그게 줄어든 상태였다.

기사 아저씨가 노련하게 애들을 챙겼다.

"다들 안전벨트 맸지? 머리에 손을 올리고 허리를 숙여라."

"네!"

쿵.

기사 아저씨가 받은 건 제설용 모래주머니를 쌓아 놓은 더미였다.

눈꺼풀 맞은편이 환하게 빛났다.

그곳은 하얗고 눈부신 빛으로 뒤덮여 있었다.

이건 헤드라이트일까?

한 번 느낀 적도, 상상한 적도 없는 충격이 스쳐 지나가며 두 발이 바닥에서 떠올랐다. 높은 곳에 올라갔을 때처럼 아랫배가 공중에 붕 뜬 듯한 기분이었다.

텅.

그때 눈을 뜨고 있었는지 감고 있었는지 알 수 없었다. 빛줄기 몇 가닥이 눈 안을 돌아다녔다. 몸과 어둠이 같이 회전했다.

와장창.

준서는 다시 한 번 온몸에 전해져 오는 강한 충격을 느꼈다. 허공에 뜬 상태에서 앞면 유리창에 그대로 부딪힌 것이다. 밖의 찬 공기는 마치 블랙홀처럼 준서의 몸을 빨아들였다. 준서의 몸은 창밖으로 세차게 팅겨져 나갔다.

신우의 애절한 외침이 아스라이 들렸다.

"안 돼, 준서야!"

*　　　*　　　*

A평면, 공간좌표=X: 5234, Y: 9178.

한국대 병원.

중환자실의 분위기는 어둡고 답답하며 무거웠다. 대부분 목숨이 경각에 달린 환자들이기 때문이었다.

이곳에서의 삶과 죽음은 경계가 모호하다.

연명 장치(延命裝置, 생명을 유지하기 위한 의학적 장치)에 의지하여 누워 있는 사람들. 그들이 살아 있음을 알려 주는 건 오직 바이털사인뿐이었다. 어둠 속에서 바이털사인을 표시하는 모니터의 불빛이 규칙적으로 점멸했다 떠오르길 반복했다.

깜박. 깜박.

중환자실 안쪽에는 양팔을 하얀 천에 걸쳐 놓은 한 남자가 있었다.

화상 환자인지 그의 온몸에는 붕대가 둘둘 감겨 있었는데, 진물이 묻은 손바닥과 더러워진 손끝이 붕대 끄트머리에 나와 있었다.

얇은 천 사이로 비쳐 보이는 그 너머 병상.

왼쪽 벽에 바싹 붙은 침대의 한쪽에는 팻말이 힘없이 달려 있었다.

이름: 윤준서. 나이: 18. 성별: 남.

바이털사인 : SpO2(산소 포화도)－95%. P(맥박)－80. R(호흡)－24.

T(체온)－36. BP(혈압)－80/120.

침대에 누워 있는 환자는 준서였다.

스쿨버스의 앞 유리창을 깨고 튕겨 나간 후, 의식을 잃은 채로 병원에 실려 왔던 것인데, 관목 숲에 처박힐 때, 나뭇가지가 폐를 찌르며 생긴 출혈과 감염으로 인해 준서의 상태는 위급했다. 혈압과 맥박은 정상이나 염증의 수치가 떨어지질 않았던 것이다.

언제든지 패혈증 쇼크가 일어날 수 있는 상황.

삐.

별안간, 준서의 모니터에서 산소 포화도가 떨어졌음을 알리는 알람이 다급하게 울렸다. 그 소리는 중환자실의 음울한 정적을 깨뜨렸다.

삐. 삐. 삐. 삐.

혈중 산소 밀도의 저하로 준서의 심장박동 수가 빠르게 증가하고 혈압이 가파르게 올라갔다. 비상 알람을 들은 간호사가 달려가 바이털사인을 체크했다. 간호사는 뒤따라온 레지던트에게 말했다.

"SpO2가 89퍼센트예요."

산소 포화도 90퍼센트 이하의 수치는, 몇 분만 지나면 뇌 손상을 일으키거나 환자가 사망할 수도 있는 응급 상황을 뜻했다.

"빨리 산소를 공급하세요."

"네."

레지던트와 간호사들의 손이 분주하게 움직였다.

잠시 후, 분당 140까지 뛰었던 준서의 맥박과 105/180까지 치솟았던 혈압이 정상으로 되돌아왔다. 긴박했던 시간이 지나고, 중환자실은 다시 우울한 침묵을 되찾았다.

한숨을 돌린 레지던트가 간호사에게 물었다.

"환자 가족은 어디 있죠?"

"대기실에요."

"들어오시라고 해요. 아무래도 설명을 드려야겠어요."

"네."

*　　　*　　　*

B평면, 공간좌표=X: 9178, Y: 5234.

눈꺼풀 위로 빛이 희미하게 되돌아왔다.

하지만 눈을 감고 있었다. 눈을 뜨면, 모든 것이 다 사라져 버릴 것만 같아서였다.

신우, 성구는 어떻게 되었을까. 다 죽었을까?

마치 깊은 물밑에 잠겨 버린 것처럼 가슴이 먹먹했다.

'여긴 병원인 것 같은데…… 왜 이렇게 조용하지?'

준서는 용기를 내어 가만히 눈을 떠보았다.

역시 병실이었다.

침대 옆에는 과일 통조림, 잣죽, 그리고 아빠와 그 여자가 다녀간 흔적이 놓여 있었다.

'후우, 다행이야. 다들 괜찮겠지?'

틱. 틱. 준서는 스마트폰을 꺼내 들어 사고 관련 소식을 검색했다.

　　역주행하던 탱크로리가 북한강에 추락하여 운전자 김씨가 사망하는 사
　　고가 발생했습니다. 경찰은 운전자 김씨가 출발할 때는 술을 마시지 않았
　　다는 화공 업체의 증언을 확보하고 시체를 인양, 부검하기로 했습니다. 한
　　편, 반대편에서 오던 스쿨버스는 운전기사의 노련한 대처로 대형 사고를

모면했습니다. 타고 있던 학생들도 경미한 부상만을 입어 참으로 다행이
아닐 수 없습니다.

인터넷 기사는 탱크로리에만 집중되어 있었다.

준서와 반 친구들이 탔던 스쿨버스는 말미에 잠시 언급되었을 뿐이었
다.

기분이 묘했다.

당시의 긴박감이란 말로 다 표현할 수 없었다. 삶과 죽음의 경계에서
선택을 한 건 자신이 아니었던가.

그러나 세상의 시각은 그게 아니었다.

중심에서 벗어난, 뭐랄까. 사건의 주체가 바뀐 느낌?

그리고 핸들을 틀어 스쿨버스를 구했던 자신의 행동, 아니, 버스 안에
서의 모든 상황을 세상은 송두리째 기억하지 못하고 있었다.

혼란스러웠다.

대체 무슨 일이 벌어지는 거지?

답답한 마음에 준서는 고개를 돌려 유리창을 보았다.

폭. 폭.

가습기에서 나온 수증기가 유리창을 흐릿하게 만들었고, 거기에 누군
가의 모습이 반쯤 투명하게 비쳤다.

'헉!'

준서는 소스라치게 놀란 가슴을 진정시키고 돌아보았다.

화장실 옆에 건장한 체격의 사내가 서 있었다. 더블버튼 코트를 입어
서인지 그는 군인 같은 느낌을 주었다.

준서는 단번에 직감했다.

이 사내가 '자네를 믿는 사람'일 것이라고.

언제 어떻게 들어왔는지, 그런 건 중요하지 않았다. 물어볼 생각조차 없었다. 사실 놀란 것도 우스웠다. 아침에 죽을 뻔했던 놈이, 더 놀랄 일이 뭐가 있다고. 그리 생각하니 오히려 마음이 차분해지는 기분이었다.

그는 듣기 편한 중저음의 목소리로 입을 열었다.

"몸은 괜찮나?"

"예."

"메시지를 보낸 게 날세. 짐작하겠지만."

준서는 알고 있다는 듯 고개를 끄덕였다.

"예."

"먼저 나를 소개하는 게 순서겠지? 내 이름은 아케론이다."

"내가 먼저 묻고 싶은 게 있어요."

아케론은 양손을 슬쩍 들어 보였다.

"무엇이든."

"앞으로 어떤 일이 일어날지, 다 알고 있어요?"

"물론. 메시지로도 말했지만, 나에겐 지나간 과거에 불과하니까. 어제 무슨 일이 일어났는지 모르는 사람은 없지 않을까?"

"……"

"아직 못 믿는 눈치군. 내가 증명해 주면 믿을 텐가?"

"어떻게요?"

"음. 자네가 왜 멀쩡할까, 혹시 생각해 보았나?"

"그러게요. 충격이 상당했을 텐데."

"멀쩡하지 않아. 다른 평면에서는."

"예?"

"큰 부상을 당했어. 날카로운 나뭇가지가 폐를 찔러서 사경을 헤매고 있지. 다른 평면에서는."

그는 다른 평면이라고 두 번이나 강조했다.

다른 공간에 또 하나의 내가 있다는 건가? 그리고 그 공간에서의 나는 다쳤다는 말인가? 이 사람은 SF소설이나 영화에서 나올 법한 평행우주론을 말하고 있었다.

"평행 우주론?"

"맞아. 잘 알고 있군. 확인해 볼까?"

아케론은 벽시계를 가리켰다. 확인하라는 뜻이었다.

밤 11시 30분.

그런 다음, 그는 손목에 찬 팔찌 같은 것을 조작했다.

지—잉.

팔찌에서 비취색 불빛이 나오더니 허공에 작은 네모 무늬를 만들었다.

그것은 조금씩 커져 곧 텔레비전 화면 같은 사각형이 되었다. 사각형 안에는 흰색 빛이 살아 있는 듯 꿈틀거렸다.

신비로웠다. 이게 홀로그램인가?

거짓말처럼 흰색 빛이 사라지고, 중환자실로 보이는 장소가 사각형 안에 영상으로 떠올랐다. 연명 장치를 주렁주렁 매단 채 누워 있는 소년, 그건 바로 준서 자신이었다.

'헉!'

더는 놀랄 일이 없으리라 생각했지만, 제삼자의 시각에서 사경을 헤매는 자신의 모습을 본다는 것은 충격이 아닐 수 없었다.

"중환자실이야. 벽에 걸린 시계를 확인해."

밤 11시 30분.

병실의 시각과 중환자실의 시각은 동일했다.

아케론이 굳이 시간을 확인하라는 것은 동일한 시간에 다른 공간이 존재한다는 것을 가르쳐 주려는 의도였을 것이었다.

병세가 심각한 환자들 때문에 영상 속 중환자실 안은 침울했다.

산소 호흡기에 의존하여 누워 있는 자신의 모습을 본다는 것은 쉽지 않았다.

옆에는 아빠와 그 여자가 보였다.

그 여자는 침대 옆에 앉아 하염없이 울고 있었고, 아빠는 레지던트와 함께 폐를 찍은 X—선 사진을 보고 있었다. 레지던트는 온통 허옇게 된 폐 사진을 보며 아빠에게 설명했다.

"희게 보이는 부분이 감염된 부위입니다. 현재 준서 군의 폐는 10퍼센트 정도만이 살아 있습니다."

레지던트는 모니터에 보이는 수치를 읽었다.

"90퍼센트. 산소 호흡기의 의존도를 뜻합니다. 즉, 10퍼센트 정도만 스스로 호흡하고 있는 거죠. 의존도를 70퍼센트 이하로 떨어뜨려야 안심할 수 있습니다."

아빠가 돌연 무릎을 꿇으며 레지던트의 손을 붙잡았다.

"선생님. 이놈을 꼭 살려 주십시오. 내 폐를 잘라서라도요."

"진정하세요."

"제 생명보다 소중한 놈입니다."

아빠가 무릎을 꿇었어?

아빠가 무너지는 모습을 보는 건 처음인 것 같았다. 생명보다 소중한 놈이라고, 그런 속내를 보여 준 것도 처음이었다. 알지만 서로 말하지 못했던, 그것. 가슴속에서 뜨거운 것이 치밀었다.

준서는 울컥하여 홀로그램을 향해 소리쳤다.

"아빠, 나 멀쩡해. 무릎은 왜 꿇어! 왜!"

그러나 저쪽 공간까지 들릴 리는 없었다. 레지던트가 아빠를 부축하여 일으켰다.

"아버님 심정은 잘 압니다. 가장 좋은 항생제를 투여하며 최선을 다하고 있으니 좀 지켜보도록 하시죠."

"……"

준서는 충혈된 눈으로 홀로그램을 노려보며 아케론에게 물었다.

"같은 시간대에 두 개의 공간이 동시에 존재한다는 말이죠?"

"그렇지. 좌표가 다른 두 개의 공간이 있는 거지."

"지금 본 것이 다른 평면이에요?"

"편의상 A평면이라 해 두지."

"좋아요, A평면. 그러면 여기는요?"

"B평면. 수정된 현재."

"수정이라면 누군가 상황을 바꿔 놓았기에 제가 살아 있다는, 그런 말인가요?"

"역시 이해가 빠르군."

"날 살려 준 게 누군데요. 아저씨요?"

"아니, 네 자신. 스스로 널 살리게 될 거야."

"어떻게 그런 일이."

*　　*　　*

아케론은 손목에 찬 팔찌를 조작했다.

홀로그램이 사라지며 노란 섬광이 번쩍하는 느낌이 들어 잠시 눈을 감았던 것 같다. 눈을 떴을 때, 준서는 낯선 이 차선 도로 위에 서 있었다.

뭐지?

분명 병실에 있었는데 갑자기 왜 이런 곳에 서 있는 거지?

아스팔트 위로 물안개가 자욱하게 올라왔다.

오른쪽으로 희미하게 강이 보였다.

빠—앙.

자동차 한 대가 경적을 울리고 무서운 속도로 지나갔다.

"어이, 조심해."

아케론이 어깨를 잡아당기지 않았다면 자칫 위험할 수도 있는 상황이었다.

짙은 안개. 물비린내. 가드레일.

익숙한 느낌에 스마트폰을 꺼내 날짜를 확인했다.

소풍 당일. 아침 7시.

그러니까 시간은 사고가 일어나기 대략 3시간 전으로 돌아가 있었다.

'과거로 왔잖아?'

아케론은 아무렇지도 않게 사고 장소를 살폈다.

"탱크로리를 피하려고 중앙선을 넘어 달리다가 소풍 버스가 이 모래주머니를 들이받고 섰었지?"

"예."

"그 탄력으로 넌 튕겨져 나갔고."

"예. 그 후로 기억이 없어요."

모래주머니 위로 훌쩍 올라간 아케론은 관목 숲 언저리를 손으로 가리키며 말했다.

"대충 이 정도 어딘가에 부딪혔을 거 같은데……. 여기 보이는 관목들 중 날카로운 나뭇가지가 네 폐를 관통했을 거야."

그렇게 된 건가? 듣는 것만으로도 온몸에 소름이 쫙 끼쳤다.

"뭐 해? 저기 있는 걸 가져오지 않고."

아케론이 턱으로 가리키는 곳을 보니 누가 버렸는지, 더러운 매트리스 하나가 덩그러니 있었다. 준서는 생각보다 무거운 매트리스를 질질 끌고 왔다.

"생각해 봐. 네가 어디에 떨어졌을지."

"여기요?"

"잠깐. 공간 좌표 좀 확인하고."

아케론이 팔찌를 확인하고 오케이 사인을 주었다.

"좋아. 딱 그 자리야. 네가 3시간 후에 버스 유리창을 깨고 떨어질 곳. 거기에 매트리스를 깔아."

준서는 매트리스로 관목 숲을 덮으며 생각했다.

'이 말이었나? 내가 스스로 날 구할 거라고 한 말이.'

준서는 매트리스를 놓은 후에 물었다.

"이렇게 해서 제가 다치지 않으면 어떻게 되는 거죠?"

"아까 홀로그램으로 본 A평면은 존재하지 않게 되지. 즉, B평면. 아까 말한 수정된 평면만이 세상에 남게 되는 거야. 인과율의 법칙에 의해서 미래가 바뀐 건데, 우리한테는 그게 현재지."

"다행이네요. 아빠가 슬퍼하는 모습을 보기가 힘들었거든요."

기분을 헤아린 듯, 아케론이 준서의 어깨를 감싸 안았다.

"다시 돌아가야지?"

준서는 고개를 끄덕였다.

"네."

아케론이 팔찌를 조작하자, 다시 노란 섬광이 눈앞에서 번쩍였다.

Chapter 3
미래 인류에 관한 리포트

눈꺼풀 위로 빛이 희미하게 되돌아왔다.

병실인데, 기억이 확실치 않았다. 현실인지, 꿈을 꾼 건지 잠시 멍했다.

"아들, 별로 안 다쳤대."

언제나 시크한 아빠의 목소리가 들렸고, 그 여자의 울먹임이 이어졌다.

"왜 그래요, 정말."

두 사람의 목소리가 뭔가에 에워싸인 것처럼 귓속에서 윙윙거렸다. 점차 의식이 돌아왔다. 동시에 '살았구나.' 하는 안도감이 몰려왔다.

"애들은?"

"깼냐?"

"어."

"다들 무사해."

"다행이네."

"신우가 여태까지 있다가 방금 갔다. 신우 아버지께서 특실을 얻어 주셨어. 여기가 어지간한 호텔보다 비싸."

이제 기억이 난다.

노란 섬광과 함께 다시 병실로 돌아온 것이다. 그런데 아케론은? 보이질 않는다. 거의 반사적으로 시간을 확인했다. 적어도 삼십 분 이상은 지체했을 것이고, 그렇다면 시간은 여전히 밤 12시쯤 되어야 할 것이었다.

그러나 밤 9시.

오히려 아케론이 찾아오기 두 시간 전이다.

"그건 그렇고. 너, 인마. 왜 혼자 안전벨트도 안 매고 운전석에 가 있었어? 큰일 날 뻔했잖아."

"응?"

"담임 선생님 얘기 들어보니까 운전석 옆에 와 있었다며. 가서 앉으라니까 듣지도 못하고 멍하니 창밖만 보고 있었다며. 넋 나간 놈처럼. 대체 왜 그랬어?"

"내가 멍하니 있었다고?"

"그래. 인마! 하여간, 기사 아저씨가 널 살려 준 줄 알아."

"다른 애들도 그렇게 말해?"

"신우도 그러더라."

또 뭔가 잘못되었다. 절체절명의 상황. 자신이 핸들을 틀지 않았다면 버스는 탱크로리에 받혀 강물로 추락하고 말았을 것이었다.

그런데, 사람들은 또 기억하지 못한다.

우리백화점을 기억하지 못한 것처럼.

"아빠."

"왜?"

물어보고 싶었다. 아빠도 우리백화점을 기억하지 못하냐고. 그러나 그러질 못했다. 차마 그럴 수 없었다. 아빠가 기억하지 못할까 봐. 아빠는 그러면 절대 안 되는 거니까.

준서는 침을 삼키며 참았다.

"아냐. 내가 잘못했어."

아빠는 성질을 내며 슬그머니 속내를 보여주었다.

"짜식이 말이야. 내가 지를 어떻게 키웠는데, 함부로 다치고 있어."

"미안해."

"내일 올 테니까 푹 쉬어."

"어."

아빠가 웃옷을 들고 일어서자 그 여자가 병실을 지키겠다고 나섰다.

"어떻게 준서 혼자 두고 가요. 제가 여기 있을게요. 당신 먼저 들어가세요."

"사내새끼는 혼자 있는 거야."

고맙긴 하지만 혼자 있어야 했다. 아케론이 찾아올 것이기에.

"전 괜찮아요. 아빠랑 같이 들어가세요."

"그래. 내일 일찍 올게."

아빠와 그 여자가 돌아간 후, 준서는 혼자 덩그러니 병실에 남게 되었다.

　　　　　*　　　*　　　*

　병실에서 본 바깥 풍경.

　오후의 엷은 빛은 땅 밑 어둠 속으로 빨려 들어가 흔적조차 남아 있지 않았다. 준서는 창틀에 걸터앉아 밤의 도시를 내려다보았다.

　밤 10시.

　아케론이 나타나기 한 시간 전, 스마트폰을 만지작거리며 생각했다.

　'전화를 해 볼까?'

　기다리기로 했다.

　밤 11시.

　정확히 11시가 되자 아케론은 유리창에 음울한 형체를 드러냈다. 상황은 이미 경험한 그대로 한 치의 오차 없이 정확하게 반복되었다.

　"기다린 눈치로군."

　"알고 있었으니까요."

　"어때 기분이. 스스로 자신의 미래와 운명을 결정해 본 소감 말이야."

　"무섭고 소름 끼쳐요."

　"하하. 솔직하군. 너무 걱정 마. 곧 익숙해질 테니."

　"이제 말해 보세요. 아저씨는 누구세요?"

　"직책은 반군 사령부 소속 제3기갑연대장. 이름은 말했지? 아케론. 활동 연도는 서기 2525년."

　"……!"

　오백여 년이나 미래에서 온 사람이라고? 준서는 마음을 굳게 먹었다.

그래, 놀라지 말자. 이 사람이 자신을 신(神)이라 소개한다 해도 놀라지 말자.

"2525년이요?"

"응."

"거긴 어때요? 좋아요?"

아케론이 씁쓸한 듯 입맛을 다셨다.

"쩝. 썩 좋진 않아."

"왜요?"

"전쟁 중이거든."

전쟁? 그래서 군인 같은 느낌이 들었나?

아케론은 서너 발자국을 걸어 유리창 가까이 다가갔다. 가로등 불빛이 그의 각진 얼굴에 긴 그림자를 드리웠다. 그는 밤의 도시를 내려다보며 말했다.

"이곳은 참으로 아름다워. 자동차가 아직 땅을 달리는 게 우습고, 사람들 옷차림도 촌스럽고, 이래저래 매우 낡은 느낌의 도시지만 내가 사는 곳보다는 훨씬 좋지. 특히, 저기 보이는 녹색 숲은…… 진짜 감동이야. 2525년의 서울은 이렇지 않거든."

준서는 별 뜻 없이 무심코 물었다.

"2525년의 서울은 어떤데요?"

그러나 돌아온 대답은 충격적이었다.

"서울? 세계 4대 곡물 허브 중 하나로 성장하여 말 그대로 메트로폴리탄이 되었지. 베이징, 상해, 도쿄 등을 위성 도시로 지닌 거대 광역 지구 말이야. 어마어마해."

"우리나라가 그렇게 강대국이 되었어요?"

"하하. 우리나라? 미안하지만 그런 말은 더 이상 사용하지 않아. 미래엔 국가란 개념은 존재하지 않으니까."

"한국, 미국, 중국, 일본, 이런 나라들이 없다고요?"

"응."

"믿어지지 않아요."

"물론 믿기 어렵겠지. 하지만 미래 세상은 국가가 아니라 4대 곡물 메이저가 지배하고 있어. 네오서울은 한국이 아니라 카길(Cargill)이라는 세계 최대 곡물 회사의 소유야."

"거긴…… 개 사료 파는 회사잖아요."

"맞아. 더러운 식량 마피아들이지."

"상상이 안 돼요."

"상상이 안 되지. 돈을 주고도 식량을 살 수 없는 그런 세상이 상상이 되겠어?"

"어떻게 그런 일이 벌어지죠?"

"식량 자원의 고갈 때문에. 상위 10퍼센트의 특권층만이 자연식을 접할 수 있고, 나머지 보통 사람들은 유전자 변형 농산물을 먹고 살아. 그나마 저항 세력은 개 사료조차 구경하지 못하고."

"아저씨는 저항 세력이겠네요?"

"그렇지."

"그런데 왜 과거로 온 거예요?"

"2103년 5월 16일. 4대 곡물 메이저들은 도쿄에 모여 컨소시엄을 결성하게 돼. 그게 지배의 시작이었지. 내 임무는 그 장소인 도쿄 무역 센

터를 폭파하여 주요 인물들을 암살하는 거였어. 그러나 2103년으로 오는 동안 놈들의 방해로 시간 궤적에 오류가 생겼고, 도착해 보니까 1994년이더군."

"아저씨가 말한 놈들이 누구예요?"

"인과율 조정 위원회."

"하나도 못 알아듣겠어요."

"지금은 이해하기 힘들 거야. 일단 그런 게 있다는 것만 알아 둬."

"다시 돌아가면 되잖아요."

"불가능해. 이미 타임 게이트를 차단했을 테니까."

"타임 게이트가 우리가 흔히 말하는 타임머신 같은 건가요?"

"뭐, 비슷한 셈이야."

머릿속이 과열되는 기분에 준서는 그의 말을 끊었다.

"잠깐만요."

그리고 창가로 갔다.

하늘을 올려다보자 흐린 날임에도 별은 또렷이 반짝였다. 특히 두터운 구름 위쪽으로는 별이 우주를 꽉 메우고 있었다. 아케론이 말한 2525년은 저 먼 우주 어딘가에 있어야 맞다고 생각했다. 그만큼 멀다고 느낀 것이다.

그러나 시간의 감각은 정말로 이상했다.

마치 커튼처럼 공간을 한 꺼풀 젖히면, 바로 2525년의 세상이 펼쳐져 있을 것만 같았다.

준서가 고개를 돌려 아케론에게 물었다.

"요즘 이상했어요. 같은 일이 반복되고, 사람들은 어떤 일을 기억하지 못하고, 그럴 때마다 현기증이 났어요. 이런 현상들이 아저씨가 말한 것과 관련이 있나요?"

"시간 균열 때문이야."

"……."

"시간 균열은 미래에서 과거로, 혹은 과거에서 미래로 이동하는 타임게이트가 열릴 때 잠시 시공간의 왜곡이 일어나는데, 그걸 지칭하는 말이야. 보통 사람은 느끼질 못하고, 특별한 감각을 지닌 사람만이 느끼지. 쉬운 예로 A평면과 B평면이 충돌에 의해 동일한 시간대에 공존하게 된다든가, 그런 거지."

"그렇다면 성구 녀석이 전날 일을 전혀 기억하지 못하는 게……."

"맞아. 네가 만난 것은 다른 평면에 살고 있는 성구야."

"……."

"가끔은 그런 일이 벌어져."

"시간 균열 때문에요?"

"응."

준서는 대화의 주제를 돌렸다.

"엄마 일에 대해 알고 싶어요. 사고가 아니라 범죄라고 했잖아요. 사실이에요?"

"누군가 고의로 사고를 일으켰다면 범죄 아닌가?"

"당연하죠."

"그래, 맞아. 그 일은 우연히 일어난 게 아니야. 고의로 건물을 무너뜨린 거야. 그리고 사고처럼 위장했지."

사실이 아닐 거야.

그렇게 부정하면서도 가슴은 쿵쾅거리고 있었다.

"누가, 왜 그런 건데요? 아저씨는 알아요?"

"물론."

분노에 준서의 언성이 올라갔다.

"얘기해 보세요."

"미래 인류."

"네?"

"정확히는 서기 2525년, 인과율 조정 위원회 소속 동아시아 테러 1과의 짓이지."

서기 2525년. 미래 인류.

"왜 그런 짓을 하죠?"

"인구수를 조절하기 위해서."

"못 알아듣겠어요."

"미래를 지배하는 건 국가가 아니라 곡물 회사와 종자 회사야. 식량과 자원의 부족으로 위기에 처해 있거든. 그래서 고안해 낸 방법이 과거의 인구를 조작하여 미래 인구의 균형을 맞추는 것이지. 최소한의 희생으로."

그렇다면 과거에, 혹은 현재에 일어났던 재앙들이 미래 인류가 한 짓이란 말인가? 이 직감이 맞을 것 같은 느낌이 들었다.

만약 이 직감이 맞는다면.

어쩐지 무서운 일이 벌어질 것 같았다.

"설마 진행형이에요?"

"앞으로는 더 자주 일어날 거야."

"예를 들자면요."

아케론은 팔찌에서 타임 테이블이란 걸 확인했다. 그것은 일종의 재앙 스케줄 같은 것이었다.

"음. 가장 가까운 사건으로는, 5월 20일 오션월드 워터파크에서 파도 풀의 장치가 고장 나 백여 명의 사상자가 발생하게 되겠군."

맙소사. 실제로 그런 일이 일어난다면 엄청난 대형 사고로 기억될 것이었다.

"누가 사고를 일으키는 거예요?"

"블랙 코트들."

"······?"

"인과율 조정 위원회에서 과거로 파견한 사고 전담 요원을 블랙 코트라 불러."

"잠깐만요. 머리 좀 식힐게요."

준서는 그의 말을 막고 다시 창가로 가서 생각에 잠겼다.

도시의 밤은 색이 너무 많았다.

그저 검은색이면 될 텐데. 밤하늘도 마찬가지였다. 네온사인의 불빛이 마구잡이로 섞여 붉은색도 보라색도 아닌, 어중간한 흑적색이었다.

'내 머릿속만큼 복잡하네.'

그리고 밤하늘 깊숙이 펼쳐진 우주.

'대체 저 먼 우주에서는 무슨 일이 벌어지는 거지?'

잠시 후.

아케론은 탁자 위에 손목시계보다 좀 더 커 보이는 물건을 올려놓았다. 준서가 차고 있던 것과 같은 팔찌였다. 터치 패드가 있어 스마트폰을 축소시켜 놓은 느낌이 들었다.

"뭐예요?"

"영화 반지의 제왕 봤지? 거기에 나오는 절대 반지 같은 거야."

"……."

"흐음. 농담이 재미없었나 보군."

"재미없었어요."

"아카식 레코드란 말, 들어 봤어?"

소설책에서 본 적이 있는데, 아카식 레코드란 기억의 창고다. 우주의 모든 데이터를 모아 놓은 일종의 도서관 같은? 물론 실제로 존재하는지는 모르겠지만.

"예."

"이 팔찌는 말이야, 아카식 레코드에 접속할 수 있는 단말기라고 생각하면 이해가 편해. 이걸 사용하면 과거는 물론, 미래에 일어나는 일을 다 알 수 있지. 모든 정보를 불러 읽으면 되니까."

준서는 의문이 들끓었다.

"왜 나한테 이런 걸 줘요?"

"DNA적 선택을 현재 사람들은 운명이라 하더군. 이 일을 할 수 있는 사람은 많지 않거든."

"이 일이요?"

"미래 인류의 오만한 계획을 막는 것."

미래 인류의 계획을 막다니. 내가? 준서는 당연히 난색을 표했다.

"내가 감당할 수 있는 일이 아니잖아요. 하고 싶지도 않고요. 도대체 왜 해야 하는 거죠?"

"앞서 말한 이유가 너무 거창하다면, 이렇게 표현할 수도 있어. 생존을 위해서라고. 살아남아야 하지 않겠어?"

준서의 미간이 좁아졌다.

"무슨 말이에요?"

아케론은 마치 직접 본 것 같은 쓸쓸한 눈빛으로 말했다.

"현재의 세상은 곧 폐허가 될 거야. 아까 버려진 A평면처럼 천천히 폐허가 되는 거지. 다른 사람들은 상관없어. B평면에서 살아갈 테니까. 무슨 일이 일어났는지도 모른 채 그렇게 살아갈 거야."

"그 사람들은 공간 이동을 하게 되나요?"

"맞아. 하지만 모두가 이동하는 것은 아니야. 몇몇은 남겨지게 되지."

"그게 누군데요?"

"인과율 조정 위원회는 '기억 망각'이란 기법을 사용하여 사람들 뇌 속의 흔적을 지워. 그러나 기억 망각의 기법이 통하지 않는 사람들이 있어. 왜 그런지 과학으로 밝혀진 바는 없는데 아마 선천적인 이유일 거야. 그들에겐 기억이 남아 있기 때문에 B평면으로 데려가지 못해. 때문에 부서진 세계에 남게 될 거야. 문제는."

"문제는요?"

"자신들이 한 짓을 은폐하기 위해 인과율 조정 위원회는 그 사람들을 제거하려고 할 것이란 점이지."

"제가 그런 사람들 중 하나인가요?"

"맞아."

준서는 가만히 고개를 저었다.

"말도 안 돼요."

"믿지 않아도 좋아. 하지만 선택의 여지는 없어. 맞서 싸우든가, 아니면 죽든가. 둘 중 하나야."

"그런 사람들이 많나요?"

"그것까진 모를 일이지."

"그럼 사람들이 우리백화점을 기억하지 못하는 것도, 스쿨버스 안에서의 일을 기억하지 못하는 것도……."

"기억 망각 기법 때문이야. 그리고 그런 현상은 점점 심해지겠지."

대체 인과율 조정 위원회라는 게 뭔데 이런 무모한 짓을 한단 말인가.

"이건 옳지 않아요."

"맞아. 그러니 누군가는 바로잡아야지."

"……."

"가족, 친구, 네가 좋아하는 사람들과 헤어진다는 거 생각해 봤어? 그들의 기억 속에 네가 잊혀진다는 거, 상상해 봤어?"

"있을 수 없어요."

"그래서 싸워야 하는 거야."

준서는 풀죽은 목소리로 대답했다.

"싸움 같은 걸 해 본 적이 있어야죠."

"배워야지."

"아저씨한테요?"

"아니, 군사 학교에서. 수료 기간은 3년. 긴 시간이지만, 변하는 것은 없을 거야. 이미 경험했다시피 지금 이 순간으로 돌아오게 될 테니까."

준서의 동공이 커졌다.

"나더러 군사 학교에 가라는 거예요?"

"응."

"싸워서 이긴다면 승리의 대가는 뭐죠? 영웅이 되는 건가요?"

아케론은 심각한 어조로 말했다.

"잘 들어. 싸워서 이겨야만 소중한 것을 지킬 수 있다. 그렇지 않으면 모든 걸 잃어. 지키지 못했던 1995년처럼. 물론 네 잘못은 아니지만."

"……."

"이렇게 가정해 보자. 만약 1995년 6월 29일로 돌아갈 수 있다면, 무슨 일을 할 수 있을까."

준서의 눈동자가 흔들렸다. 불안함의 표시였다.

그동안 아케론은 말을 이었다.

"대답 안 해도 난 안다. 우리백화점에 가 보겠지? 그리고 당연히 엄마를 구하겠지?"

"예. 혹시, 그날을 볼 수 있어요? 아까처럼 홀로그램으로."

아케론이 팔찌를 가리켰다.

"조작법은 간단해. 그날, 그 시간으로 세팅해 봐."

준서는 팔찌를 들어 터치 패드에 손가락을 가져갔다. 심장이 뛰었고, 그 두근거림이 손가락에 그대로 전해졌다. 찾고 싶은 사람 이름과 날짜를 또박또박 눌렀다.

1995년 6월 29일. 서지윤. 위치 정보.

지—잉.

눈앞에 홀로그램이 펼쳐졌고, 그 속에서 한 여인의 모습이 구체화되었다. 청순하고 깨끗한 이미지의 여인이었다. 신우와 닮은 구석이 있었는데, 생김새는 아니었다. 닮은 것은 분위기였다. 어깨에 살짝 닿는 생머리의 여인은 엷은 바이올렛색 니트를 입고 거리를 걸었다.

엄마?

보행 신호를 기다리는 엄마를 보는 순간, 가슴 한쪽이 찢어질 듯 아팠다. 동시에 한줄기 눈물이 뺨을 타고 흘렀다. 흐르는 눈물은 멈추지 않았다. 준서는 넋이 나간 사람처럼 손을 앞으로 뻗었다.

"엄마, 백화점에 가지 마세요. 거기 가면 죽게 될 거예요."

그러나 손은 허무하게 홀로그램을 투과했다. 그제야 현실이 아니란 사실이 와 닿았다.

"들리겠나. 시공간이 다른걸."

준서는 애써 감정을 추슬렀다.

"그렇죠. 과거일 뿐이죠. 차라리 보지 말 걸 그랬어요. 마음이 아파요."

"그래. 누구나 그럴 거야."

"저 때로 돌아갈 수 있어요? 내가 나를 구한 것처럼 상황을 되돌릴 수 있나요?"

"어머니를 구하고 싶지?"

"예."

"결론부터 말하자면, 가능하다. 같은 평면에서 공존할 순 없겠지만 그래도 어머니를 살릴 순 있지. 다만 그러려면 힘이 있어야 해."

"어떤 힘이요?"

"맞서 싸울 힘. 적들은 생각보다 강하거든."

"그 힘, 어떻게 키울 수 있어요? 어떻게 하면 강해져요?"

"쉽진 않아. 재능은 물론, 많은 인내와 노력이 필요할 거야."

"할게요. 할 수 있다면 뭐든지."

"팔찌를 차. 갈 데가 있으니."

준서는 팔찌를 들어 손목에 감았다. 작은 금속성 소리를 내며 팔찌가 잠겼다. 어떤 재질로 만들었는지 몰라도 착용감이 전혀 느껴지지 않았다.

"됐어요."

"좋아. 가 보자고."

*   *   *

아케론이 데려간 곳은 어딘지 모를 떡갈나무 숲 속이었다.

멀지 않은 곳에 커다란 강물이 흘렀는데, 준서는 아케론을 따라 떡갈나무 그늘진 강기슭을 걸었다. 주변 풍광은 영화에나 나올 법한 중세의 시골을 연상시킬 만큼 아름다웠다. 태양은 높이 솟아오르고, 왼편에서는 물거품이 눈처럼 하얗게 빛났으며 수면에는 따뜻한 바람이 불어 잔물결이 일렁였다.

"어디로 가는데요?"

"대성당."

잠시 후, 오솔길이 끝나는 지점에 고딕 양식의 장엄한 건물이 서 있는 것이 보였다. 하늘을 찌를 듯 서 있는 두 개의 첨탑은 상당한 위압감을 주었다. 채광창이 있는 첨탑이 정면에 배치되어 있었기에 성당의 본체가 마치 두 개의 첨탑에 종속된 느낌마저 주었다.

'멋지네.'

아케론이 입을 다물지 못하는 준서의 등을 가볍게 밀었다.

"들어가."

"아, 네."

준서는 널따라 앞뜰을 지나 대성당 안으로 들어갔다.

회랑을 따라 걸으며 성당 내부를 감상했다. 십자가 모양의 성당 내부는 외관만큼이나 웅장했다. 고딕 양식 특유의 구조가 딱딱한 인상을 주었으나 왠지 모를 경건함이 배어 있었다. 아마 검게 그을린 벽과 총알 자국들 때문이지 싶었다.

"전쟁이 일어난 후 이 성당은 반군 사령부였어. 진압군에게 위치가 발각되어 습격을 당한 후에 공간 좌표를 확인할 수 없는 중간계로 은닉시켰지. 지금은 은신처로 사용하고 있는데, 우리 반군에게는 아주 중요한 장소야."

"그럼 총알 자국들이……."

"그때, 진압군과의 전투 중에 생긴 거야."

"생각보다 심각한데요?"

"전투용 안드로이드인 TK—100하고 정면으로 마주치면 더 심각해질걸?"

얘기를 들을수록 한숨이 절로 나왔다.

"후우."

정면에 조그만 첨두형 아치가 점점 크게 보이더니 커다란 제단이 나타났다. 아케론이 서재의 문을 가만히 열었다. 안에는 거친 질감의 붉은 튜닉(소매가 없는 헐렁한 옷)을 입은 백발의 수도사가 램프에 기름을 넣고 있었다.

"잘 계셨어요."

"어? 자네 아케론 아닌가. 이게 얼마만인가."

"꽤 됐죠? 하하."

"어서 오게."

아케론이 그에게 준서를 소개했다.

"얘가 준서입니다."

"안녕하세요."

준서가 정중히 인사를 하자 사제 루치우스가 활짝 웃으며 반겼다.

"잘 왔다. 나는 루치우스라고 한다."

"전황은 어떻습니까."

"갈수록 좋질 않네. 고든 시가 함락되었다는군."

그 소식에 아케론은 한참 동안 침울한 표정으로 서 있었다. 그러다가 문득 루치우스 사제를 보았다.

"준서를 군사 학교에 보낼까 합니다."

루치우스 사제가 준서에게 물었다.

"결심은 했니? 이건 강요할 일이 아니라서 말이야."

준서는 엉겁결에 대답했다.

"예."

"따라오너라."

제단 뒤에 스테인드글라스를 통해 들어오는 햇빛을 은은하게 받고 있는 유리 상자가 있었다. 그 안에는 오래되어 보이는 유골 세 개가 들어 있었다.

루치우스 사제가 경건한 음성으로 설명했다.

"반군을 승리로 이끈 성왕(聖王) 세 분의 유골이란다. 우리에겐 너무도 소중한 성물(聖物)이지. 후계자 수업을 받으려면 이 성물에 맹세를 해야 한다."

"후계자요?"

"훗날의 반군 지도자를 뜻한단다."

"제가요?"

"그렇단다."

"왜 저죠? 제가 무슨 능력이 있다고. 저는 그냥 평범한 고등학생인데요."

"지금 이유는 설명할 수 없단다. 하지만 자연스럽게 알게 될 거다."

"알겠어요."

준서는 그가 시키는 대로 유리 상자 위에 오른손을 올렸다.

"후계자의 율법을 지키고 인류를 위해 싸울 것을 맹세하는가."

"예. 그렇게 하겠습니다."

루치우스 사제가 높다랗게 걸린 십자가를 향해 성호를 그었다.

"이 소년을 평화의 도구로 써 주소서. 되었다. 이제 너는 후계자다."

"……"

그의 기도가 끝나자 아케론이 준서를 십자가 문양이 그려진 제단 위에 세웠다.

"앞의 버튼을 누르면, 반군에서 운영하는 군사 학교로 타임 워프하게

될 거다. 거기서 삼 년간 정규 훈련을 받고, 최고의 전사가 되어 돌아오면 된다."

"삼 년이요?"

"그동안 현재의 시간은 멈춰 있으니 걱정할 것 없다."

심장이 떨렸다. 전혀 알지 못하는 미래로 가는 출발선에서 그 누구도 두려움으로부터 자유로울 순 없을 테니까.

그러나 엄마를 만날 수만 있다면 무엇을 못 할까.

'군대 일찍 다녀온다고 생각하면 되지, 뭐.'

한참 고민하던 준서가 피식, 하고 웃어 보였다.

"훗. 생각해 보니 용서가 안 되네요."

"음?"

"미래 인류 말이에요. 지들에게 누가 그런 권한을 주었다고 과거를 마음대로 조정한대요?"

꾹!

준서는 단 한 번의 망설임도 없이 버튼을 눌렀다.

"다녀올게요."

아케론은 엷은 미소를 띠며 엄지손가락을 치켜세웠다.

"행운을 빈다, 소년."

*   *   *

하늘은 긴 잿빛 어스름. 아직 동이 트기 전이다.

사방에 먼지와 검은 재가 흩날린다. 길은 검게 타 버린, 잿빛으로 변한 도시 한복판으로 뻗어 있다.

어떻게 된 거지?

준서는 불안한 심정으로 깨진 아스팔트를 건너 학교로 향했다. 길가는 잿빛 진창이었다. 배수로에 쌓인 잿더미 속에서 검은 물이 부글부글 끓어올랐다. 도로에는 불에 타 숯으로 변해 버린 가로수들이 서 있었고 빵집, 편의점, 약국, 도서관, 익숙한 건물들이 폭격을 맞은 것처럼 타오르고 있었다.

밤사이에 무슨 일이 벌어진 걸까.

부스럭. 길 위에서 재가 움직였다.

준서는 흠칫 놀라 경계를 했다. 그것은 잿더미 속에 파묻혔던 고양이였다. 녀석은 재빨리 검게 변한 전신주를 타고 올라갔다. 전신주에서 뻗어 나온 전선들이 바람에 가늘게 흔들렸다.

폐허. 세상은 폐허였다.

'왜 이렇게 된 거지?' 라고 생각하는 순간, 난데없이 나타난 시커먼 괴물이 앞을 가로막았다.

헉!

3미터도 넘어 보이는 괴물.

영화 '에이리언'에서 나오는 것과 흡사한 모습의 괴물은 날카로운 이빨 사이로 침 같은 액체를 질질 흘리며 두리번거렸다.

크르르.

끔찍하게도 놈의 앞발에는 잡아 뜯겨진 사람의 팔이 들려 있었다. 놈은 곤충의 알처럼 희끄무레한 눈깔로 준서를 내려다보았다. 그리고 냄새를 맡으려는 듯 낮게 고개를 숙였다.

도망치자.

이런 제길, 발이 떨어지질 않아.

준서의 몸은 석고처럼 굳어 움직일 수가 없었다.

크아아!

돌연 괴물은 고개를 좌우로 흔들며 포효하더니 준서를 덥석 집어삼켰다.

'안 돼!'라고 소리쳐 봤지만 아무 소용이 없었다. 늪의 목구멍으로 넘어가는 듯 뭔가가 다리에 감겼다. 발버둥쳐 봤으나 그것은 더욱 다리를 옥죄어 왔다.

으아아!

준서는 괴성을 지르며 몸을 벌떡 일으켰다. 침대 위였고, 발에 감긴 건 덮고 있던 이불이었다. 준서는 맥이 빠져 버린 팔로 이불을 걷었다.

악몽도 이렇게 지독한 악몽이 없었다.

"······무슨 이런 꿈을."

"아들, 학교 안 가냐?"

그때, 아빠가 방문을 열고 얼굴만 빠끔히 내밀었다. 후우, 집이구나. 그제야 집이라는 게 현실로 다가왔다. 베갯머리의 시계를 보니 7시 30분이었다.

"가야지."

"빨리 내려와. 밥 차려 놨어."

준서는 침대에서 무거운 두 발을 바닥에 내려놓으며 대답했다.

"어. 내려갈게."

다시 한 번 현실이라는 게 피부에 와 닿았다.

퇴원을 했나? 오늘이 며칠이지? 달력을 찾는데, 손목에 채워진 팔찌가 보였다. 그걸 보자 천천히 기억이 되돌아왔다. 맞아. 군사 학교에 다녀왔지. 지옥 같은 삼 년을 보냈는데 현실에서는 겨우 하룻밤이라니. 피식, 하고 헛웃음이 나왔다.

'나 참. 허무하네.'

교복과 가방을 챙겼다. 예전에만 해도 그렇게 지겨웠던 것들이 오늘은 정겹게 느껴졌다. 삼 년 만이니 그럴 법도 했다.

평소 같으면 아침은 먹지 않고 나갔을 것이었다.

그때마다 그 여자의 마음을 다치게 했었다. 이젠 그러지 않으리라 다짐했다. 그동안 충분히 아프게 했으니까. 그 여자란 표현도 옳지 않았다. 선생님은 좀 그렇고…… 누나? 그게 적당한 호칭일 거 같았다. 언젠가는 새엄마라고 해야겠지만 아직은 그렇게 부르자. 모든 게 자연스러워질 때까지만. 엄마를 구하고 나면 달라지겠지.

준서는 후다닥 씻은 후, 아래층으로 내려가 식탁에 앉았다.

"누나, 밥 줘요."

그 여자가 화들짝 놀라며 물었다.

"밥…… 먹고 갈 거니?"

"먹어야죠. 빨리 주세요."

"응. 그래."

흰 쌀밥에 맑은 아욱 된장국. 아삭한 김치. 김. 마른반찬.

별달리 차린 건 아니지만 그렇게 맛있을 수가 없었다. 삼 년 동안 먹은 유전자 변형 음식에 비하면 거의 천상의 음식이었다.

"맛있어요."

준서의 칭찬에 누나는 환하게 웃었다.

"정말?"

"네."

"기분 좋은걸?"

아빠가 부스스한 몰골로 끼어들었다.

"나도 줘."

"당신은 좀 이따 드세요. 준서 먼저 챙기고요."

"아니, 왜 차별 대우하는데?"

"아빠는 하루에 한 끼 정도 굶고 뱃살 좀 빼."

"야, 내 뱃살을 왜 니가 관리해? 그리고 이게 어떻게 찌운 뱃살인데."

아옹다옹하며 식사를 마친 준서는 백팩을 챙겨 들고 일어섰다.

"다녀올게요."

"응. 조심해서 다녀와. 너무 무리해서 공부하지 말고."

"알았어요."

"아들, 내가 태워다 줄게. 같이 가자."

"자전거 타고 갈 거야."

*　　*　　*

군사 학교에서의 삼 년은 그 겨울이 지난 것처럼 빠르게 지나갔다. 그래 봤자 현실에서는 하룻밤.

그동안 많은 변화가 있었다. 지독한 훈련을 받고 수석으로 졸업했다. 그리고 루치우스 사제에게 임명 받았던 것처럼 후계자라는 칭호도 받았다. 물론 이 사실을 말한다 해도 아무도 믿지 않을 것이다.

횡단보도 앞에 여학생들이 우르르 몰려가고 있었다.

수다를 떠는 소리가 높직하게 들렸다. 회색 타이트스커트를 보니 북고 여학생들은 아니었다. 준서는 자전거를 차도로 빼서 페달을 힘차게 밟았다. 여학생들 옆을 지나갈 때, 달콤한 샴푸 냄새가 풍겼다.

휙. 휙.

낯익은 동네 거리를 달리자 간밤에 꾸었던 악몽이 생각났다. 지금 눈에 보이는 정겨운 풍경들. 빵집, 편의점, 약국 등 모든 건물들이 잿빛 폐허로 변해 버렸던 끔찍한 악몽.

생각했다. 아케론의 말이 사실일까.

옷 가게를 지나가는데 둥근 얼굴의 여직원이 웃음을 머금고 서 있었다. 순간, 흠칫하고 놀라 돌아보았다. 그녀의 웃는 얼굴과 불에 탄 시커먼 좀비가 오버랩되었기 때문이었다.

어젯밤 꿈인 것처럼.

'제길.'

외면하려고 준서는 페달을 더욱 힘차게 밟았다.

끽.

한남동 사거리를 지나갈 때였다.

준서는 급하게 브레이크를 잡았다. 편의점 파라솔에 앉아 있는 수상한 남자가 눈에 들어온 탓이었다. 출근하거나 등교하느라 모두가 바쁜 시간, 수상한 남자는 한가하게 커피를 마시며 사거리를 보고 있었다. 선글라스를 쓰고 있어서 확실하진 않았지만, 앉아 있는 방향으로 추측해 볼 때 그랬다.

신경이 쓰였다.

이 수상한 남자는 왜 사거리를 뚫어지게 보고 있을까.

—눈에 보이는 모든 걸 의심하라.

군사 학교에서 배운 것이었다.

그는 봄에 어울리지 않게 검은색 트렌치코트를 입고 있었다. 그래서 눈에 잘 띈 것인지도 모르나 아케론의 말이 떠올랐다.

'사고 전담 요원을 블랙 코트라 불러.'

저 남자가 정말 아케론이 말한 블랙 코트라면, 이 근처에서 어떤 사고가 일어날 것이란 말이 아닌가.

시간을 확인했다.

오전 7시 45분.

신우!

'이런, 신우가 버스 타는 시간이잖아.'

준서는 재빨리 자전거를 돌려 유엔 빌리지 앞에 있는 버스 정류장으로 달렸다. 20미터쯤 남겨두고 신우가 버스에 올라타는 게 보였다.

"신우야!"

목청껏 불렀지만 듣지 못한 듯, 신우는 보광동으로 가는 81번 버스에 올라탔다. 그나마 다행인 게 창가에 앉았다는 점이었다. 준서는 버스를 쫓아가며 신우를 불렀다.

"신우야, 내려!"

MP3로 음악을 듣는 모양이었다. 신우는 가방을 가슴에 안고 이어폰을 꽂고 있었다. 들릴 리가 없었다.

"아저씨, 버스 세워요!"

준서가 버스를 따라가며 고함을 쳤으나 버스는 D대학 후문 내리막길로 들어섰다.

탕. 탕. 탕.

준서는 손바닥으로 버스 몸체를 계속 쳤다.

그제야 신우가 창밖을 돌아보았다. 준서를 발견한 신우가 환하게 웃으며 손을 흔들었다. 준서는 내리라는 손짓을 했다.

내리라고? 신우의 입 모양이 그렇게 말했다.

"응. 빨리 내려."

신우가 자리에서 일어나 버스 앞문 쪽으로 갔다. 그리고 난 후, 버스가 끼익 하는 소리를 내며 섰다. 버스 안에서 기사 아저씨의 화난 목소리가 튀어나왔다.

"야! 버스가 니들 자가용이야!"

"헤에, 죄송해요. 아저씨."

신우는 기사 아저씨에 사과하고선 두 발로 폴짝 내려섰다.

"아침부터 내가 그렇게 보고 싶었어?"

"으응."

"오늘은 웬일로 자전거를? 아, 나 태우러 왔구나? 전화를 하지. 그럼 내가 기다렸을 텐데."

뭐라 설명할 방법이 없어 준서는 얼버무렸다.

"깜박했어."

"바보."

"얼른 타."

"알았어."

신우는 뒷자리에 앉으며 준서의 허리를 끌어안았다.

"꽉 잡아."

"그렇지 않아도 꽉 잡을 거야. 어디 도망 못 가게."

"달린다."

"응. 달려."

페달을 밟자 몸과 풍경이 천천히 움직이기 시작했다.

두 사람의 호흡이 공기에 녹아들었다. 상쾌해진 듯 신우가 두 발을 모아 가지런히 뻗었다. 주름치마 아래로 예쁘게 뻗은 다리가 나왔다. 깨끗한 운동화, 흰 양말. 삼 년이 지났지만 신우의 이미지는 그대로다.

그래서 다행이다.

"와아. 기분 좋아."

그래. 어쩌면 너무 예민하게 생각했을지도.

"더 빨리 달려."

"다리 내려. 치마 올라가잖아."

"응? 몰랐어."

"아까 어떤 아저씨가 훔쳐보더라."

"이런 엉큼한 아저씨. 하긴 내 다리가 워낙 예쁘니 이해해 준다."

"그 아저씨는 아침부터 뭔 낭패니."

"뭐얏!"

"아야, 꼬집지 마. 넘어져."

"치잇, 관둬."

"아냐. 농담이야. 소시보다 더 예뻐. 완전 미각(美脚)이지."

"이제야 분별 능력을 회복했군."

아무래도 믿기지 않는다.

이렇게 아름다운 날들이, 이렇게 아름다운 거리가 어떻게 한순간에 사라질 수 있을까. 어떻게 폐허로 변할 수 있을까. 차라리 거짓말이었으면, 하고 생각하며 페달을 밟았다.

Chapter 4
폐쇄 공간(閉鎖空間)

한남동 사거리에서 한남 대교 방향으로 좌회전하는 신호는 짧았다. 신호 체계가 그만큼 위험했던 것이다. 1차선에서 직진 신호를 받은 버스 앞으로 2차선에 서 있던 특장차 한 대가 적색 신호를 물고 좌회전을 하려고 했다. 반대편에서는 택배 오토바이 한 대가 그 틈을 이용하여 빠져나가려고 쏜살같이 달려왔다.

빵빵.

버스는 밀리지 않으려고 했고 특장차는 밀어붙이려 했다. 그 과정에서 접촉이 일어났고, 버스의 덩치에 밀린 특장차가 택배 오토바이 앞을 가로막았다. 택배 오토바이 입장에서는 거대한 벽이 갑자기 나타난 기분이었을 것이었다.

쾅!

택배 오토바이는 특장차의 앞부분을 들이받으며 차 밑으로 기어 들어가고 말았다. 오토바이는 형체를 알아볼 수 없을 정도로 구겨졌으니 사람은 말할 게 없었다. 문제는 신호가 직진신호로 바뀌었다는 점이었다. 버스와 특장차가 사거리를 가로막고 있는 동안 반대편에서는 차들이 빠른 속도로 달려왔다. 아마 파란불 신호만 봤을 것이었다.

끼이익.

쾅! 쾅! 쾅!

요란한 굉음이 아침 거리에 퍼졌다.

"······!"

굽은 가로수 길을 내려오던 준서는 둔탁한 굉음과 사람들의 비명 소리에 자전거를 세웠다.

"왜?"

"사고가 났어."

"어머, 내가 타고 있었던 버스잖아."

"응."

사고는 컸다. 무려 16중 충돌 사고.

상쾌했던 아침 거리는 아비규환이 되었다. 경찰차의 경광등과 119구급차, 인근 S 병원 앰뷸런스의 사이렌 소리에 사람들이 몰려들었다. 다친 사람들이 들것에 실려 이송되었다. 거기에는 피를 흘리는 여자와 아이들도 있었다.

신우가 하얗게 질린 얼굴로 두 손으로 입을 가렸다.

"네가 데리러 오지 않았다면, 나는······."

"떨지 마."

준서는 신우를 꽉 안아주었다.

"무서워."

"지켜 줄게. 무슨 일이 있어도."

"무슨 일이 있긴 있는 거지? 사고가 날 줄 알고 나한테 달려온 거지?"

준서는 주위를 둘러보며 고개만 끄덕였다.

"응."

"어떻게 안 거야? 말해 줘. 소풍날에도 그랬잖아."

"나중에."

편의점에 앉아 있던 수상한 남자를 찾았다.

보이질 않았다. 분명 파라솔 의자에 앉아 있었는데 어디로 갔지? 놓친 건가? 다행이었다. 커피를 사러 편의점 안에 들어간 것이었다. 커피를 사 온 남자는 다시 파라솔 의자에 앉아 마치 관광이라도 하듯 사고 현장을 구경했다.

"신우야. 여기서 잠깐 기다려."

"어디가?"

준서는 4차선 도로를 가로질러 편의점까지 걸어갔다. 수상한 남자는 사고 현장만 쳐다보고 있었기에 준서를 발견하지 못했다.

준서는 묵묵히 그를 쏘아보았다.

그제야 낌새를 차린 수상한 남자가 물었다.

"학생. 왜 그렇게 쳐다보지?"

"희한해서."

"이 녀석이 어른한테 그게 무슨 말버릇이야."

"그런 식으로 위장하면 모를 것 같았나?"

준서가 다그치자 수상한 남자가 당황해하며 대답을 못 했다.

"……."

"저렇게 사람들을 죽거나 다치게 하면 기분이 좋은가."

"내가 누군지 아는 거냐?"

"블랙 코트."

"현재인이 아닌가 보군. 12사제단에서 보낸 놈이냐?"

준서는 팔찌를 보여 주었다. 그러자 수상한 남자의 얼굴이 돌처럼 굳었다.

"역시 12사제단의 전사였군!"

수상한 남자가 의자에서 일어나 도망치려 하자, 준서는 슬쩍 발을 내밀어 다리를 걸었다. 그는 파라솔과 함께 넘어지고 말았다.

"재난 프로젝트를 막으려고 파견한 모양 같다만, 실수임을 깨닫게 해 주마."

수상한 남자가 안주머니에서 스마트폰 비슷한 물건을 꺼내 버튼을 눌렀다. 그러자 놀라운 일이 벌어졌다. 한남동 사거리 주변이 흑백텔레비전의 화면처럼 잿빛으로 변해 가는 것이었다. 동시에 사람들의 움직임이 서서히 멈췄다.

정확히 말하자면, 시간이 멈춘 것이었다.

"폐쇄 공간인가?"

"잘 아는구나."

"물론."

"그럼, 어떤 일이 벌어질지도 알겠지?"

준서는 코웃음을 치며 양손을 강하게 말아 쥐었다.

"훗. 그것까진 모르겠는데?"

＊　　　＊　　　＊

폐쇄 공간(閉鎖空間)은 인과율 조정 위원회가 현재와 미래의 연결 상태를 불안정하게 만들어 일시적으로 시간을 정지시키는 공간이다. 현실의 공간과 구성물은 같지만, 이곳에서의 시간은 기억 망각 기법이 통하지 않는 인간들에게만 흐른다. 블랙 코트라 불리는 요원들은 주로 이 공간에서 재난 프로젝트를 진행한다.

폐쇄 공간 안에서 본 아침 하늘은 지옥의 한 귀퉁이처럼 어두웠다. 거리는 마치 색을 사용하지 않은 수채화같이 회색 톤으로 변했고, 사람들은 그림 속의 정물처럼 동작을 멈춘 채 그대로 굳어 있었다. 물론 그 속엔 신우도 있었다.

준서가 싸늘한 눈빛으로 물었다.

"이런 곳에서 작업을 하나?"

"……?"

"재앙을 일으키는 일 말이야."

수상한 남자, 즉 블랙 코트 요원은 떨떠름한 미소를 머금었다.

"그렇다면?"

"한 가지 묻겠다. 우리백화점을 붕괴시킨 것도 네놈 짓이냐? 95년도에."

"미안하지만 잘 모르겠는데? 난 2005년부터 근무했거든. 그리고 보면 참 세월 빨러. 벌써 8년 차로군."

"그래? 얼마 전에 고등학생들이 탄 소풍 버스를 북한강에 추락시키려고 한 건 누군데?"

"아, 그건 나였어. 하지만 실패했지. 그런 적은 처음이었어. 한 번도 실패해 본 적이 없는데 말이야. 한데, 그길 어떻게 알았지? 그리고 왜 묻는 거지?"

지랄.

쉬익. 퍽!

준서의 왼발이 블랙 코트 요원의 명치에 꽂혔다. 워낙 빠른 속도였기에 피할 수가 없었을 것이었다. 그는 짧은 비명을 지르며 땅바닥에 뒹굴었다. 준서는 쫓아가 오른발로 그의 목을 지그시 눌렀다.

"컥."

"그 버스에 내가 타고 있었다."

"……!"

"네놈 때문에 우리 반 애들이 죽을 뻔했다고."

"그럼, 사고가 날 줄 알고 그걸 막았단 말이야?"

"물론."

준서는 블랙 코트 요원의 안주머니를 뒤져 권총과 조종 장치를 빼앗았다.

"이게 없으면 미래로 돌아갈 수 없겠지? 시간의 미아(迷兒)가 되어 중간계를 헤매게 될 거야. 아니면 죽든가."

조금 전까지만 해도 당황해하던 블랙 코트 요원의 표정이 갑자기 변했다.

"후후. 네 녀석 걱정이나 해라."

뭔가 믿는 구석이 있나? 하고 생각하는 순간이었다.

"크아아."

뒤쪽에서 거대하고 사나운 짐승이 울부짖는 소리가 들렸다.

그리고 갑옷에 투구를 눌러쓴 반인반수(半人半獸)의 괴물이 차원의 벽을 찢어발기며 폐쇄 공간으로 들어섰다.

몸은 인간의 것이지만 왕 도마뱀의 얼굴, 늑대의 이빨, 매의 눈알과 발톱, 그리고 악어의 꼬리를 지닌 흉측하게 생긴 놈이었다.

보통 몬스터라 불리는데 보이는 것처럼 괴물은 아니고 전투 안드로이드로, 정식 명칭은 도마뱀 인간이었다.

블랙 코트 요원이 비릿하게 입꼬리를 말았다.

"애송아. 공포라는 게 뭔지 알겠니?"

"무슨 공포?"

"후후. 한눈에 보기에도 너 같은 인간이 상대할 수 있는 그런 존재가 아니잖아. 그지?"

준서는 반쯤 뜬 눈을 내리깔았다.

"고작 하위 레벨 안드로이드 불러놓고 으스대기는."

"뭐, 뭐야?"

"전투 안드로이드에 관해서는 군사 학교에서 책으로 다 배웠어. 우리는 그 책을 괴물 도감이라 불렀지. 저 멍청한 녀석의 이름이 도마뱀 인간일걸? 모양은 제법 그럴듯하게 생겼어도 곡물 지대를 감시하기 위해

양산한 쓰레기일 뿐. 군사 학교에서 그 정도도 가르치지 않았을 것 같나?"

"그, 그래도 맨손으로 상대할 수는 없을 거다."

"훗. 한번 볼까?"

부우욱!

도마뱀 인간이 등을 갈라 버릴 기세로 손에 든 도끼창(halberd)을 휘둘렀다. 뒤에서 공기가 찢어지는 듯한 소리가 났다.

준서는 놈의 공격을 어깨로 흘리며 땅을 박차고 솟구쳤다.

몸은 순식간에 놈의 머리 위로 떠올랐고, 준서는 강하게 말아 쥔 주먹을 놈의 이마에 날렸다.

퍽!

일격이었다.

단 한 번의 공격에 도마뱀 인간의 머리통이 부서지며 피복 속의 기계 장치들이 볼썽사납게 드러났다. 튀어나온 기계 장치에선 지직거리며 파란 스파크가 일었다.

"기계 따위가 어딜 발톱을 들이대."

"크아아."

도마뱀 인간이 휘청거리며 날카로운 발톱을 휘둘렀지만, 준서는 놈의 가슴을 밟고 한 바퀴 회전하여 사뿐히 땅에 내려섰다. 때문에 놈의 발톱은 허공에 헛손질을 하고 말았다.

"크아아!"

부욱. 부욱.

도마뱀 인간은 마구잡이로 도끼창을 휘둘러댔다. 도끼창의 궤적을 따라 피하며 준서는 생각했다.

'파워 서플라이를 찾아야 하는데.'

보통 안드로이드의 약점은 전원 공급 장치였다.

전류가 발생하는 원천은 몸 전체에 분산 장착되어 있고, 또 영구적이기에 치명적인 약점이 될 수 없었다. 그러나 전원 공급 장치는 달랐다. 그것이 파괴되면 모든 동작과 기능이 정지되기 때문이었다. 하여, 군사 학교에서 배운 대로 이마를 공격했던 것인데 맞는 위치가 아니었다.

'이마가 아니면 어딜까.'

그때, 블랙 코트 요원이 길 건너편에 서 있는 신우를 가리켰다.

"저 여학생을 잡아!"

다른 사람들은 각자 제 갈 길을 가고 있는데, 신우만이 이쪽을 보며 정지되어 있어 준서의 일행임을 알아차린 것이었다.

'이런.'

도마뱀 인간의 머리통이 천천히 돌아갔다.

두꺼운 목이 돌아가며 녹색 비늘이 곤두선 모습은 정말로 흉측했다. 놈의 시선이 멈춘 곳에는 역시 신우가 서 있었다. 놈은 두 갈래로 갈라진 혓바닥을 날름거리며 신우를 노려보았다.

'더러운 놈이 어딜 봐.'

"크르르."

쿵. 쿵.

그러더니 놈은 뒤뚱거리는 발걸음으로 달려가 버스 위로 올라갔다.

'어쩌려고 저러지?'

의아했다. 서로 다른 공간에 있기에 신우를 해치는 건 불가능할 것이었다. 그런데, 왜? 의아하여 고개를 갸웃거리던 중, 문득 한 줄기 불안감이 준서의 몸을 휘감았다.

만약, 타임 컨트롤을 한다면?

폐쇄 공간을 뚫고 나가 이십 분 전으로 돌아간다면?

"……!"

신우가 위험해.

두 눈에서 불꽃이 일며 증폭된 기력에 의해 교복 상의가 뒤로 확 젖혀졌다. 분노에 휩싸인 준서는 파라솔 기둥을 뽑아 힘껏 집어던졌다.

"이런 미친놈. 신우는 건드리지 마!"

쐐액!

파라솔은 공기를 가르며 날아가 도마뱀 인간의 등을 관통하고는 가슴까지 삐져나왔다. 몸체 내부에서 합선이라도 났는지 파라솔이 꽂힌 자리에선 빠지직거리는 소리가 나면서 파란 스파크와 연기가 일었다.

"크악!"

놈은 즉각 발끈하여 몸을 준서 쪽으로 돌렸다. 지능이 낮은 안드로이드라 자신의 목표를 잊은 것이었다.

어라?

그때, 준서는 이상한 것을 감지했다. 관절이 고장 난 것처럼 놈의 움직임이 버벅거렸던 것이다. 파라솔이 박힌 곳을 보며 확신했다. 전원 공급 장치에 이상이 생긴 게 분명하다.

'파워 서플라이가 가슴 쪽에 있군.'

타닷.

블랙 코트 요원에게 빼앗은 권총을 손에 들고, 준서는 아스팔트를 박차고 뛰어올랐다. 중력을 역이용하는 법을 배운 터라 도약력은 엄청났다.

부욱!

위험을 느낀 도마뱀 인간이 도끼창을 휘둘렀지만 준서의 몸은 이미 놈의 머리통 위에 떠 있었다.

"감히 신우를 노려?"

준서는 도마뱀 인간의 어깨에 두 발로 내려서며 가슴 부위에 총구를 겨누었다.

"죽어 버려!"

탕. 탕. 탕. 탕. 탕.

집중적인 연발 사격으로 놈의 가슴 부위가 완전히 작살났다. 방어력을 갖춘 것으로 보이던 녹색 비늘은 생각보다 훨씬 약하고 허접했다.

쿵.

놈은 버스에서 떨어져 머리통을 아스팔트에 처박았다.

자신의 무게 때문에 목이 부러지더니 기잉 하는 기계음을 몇 번 내었다. 놈은 이내 동작을 멈추고 축 늘어지고 말았다.

준서는 몸을 날려 그 앞에 가볍게 내려섰다. 그리고 폭발하듯 분노를 쏟아냈다.

"엄마를 빼앗아 간 걸로 충분하지 않아? 앞으로는 아무도 못 뺏어가. 특히 신우는 절대로 안 돼. 알았어? 이 고철 덩어리야!"

"말도 안 돼! 어떻게 인간이 전투 안드로이드를. 그것도 맨손으로."

저벅. 저벅.

준서는 얼어붙은 듯 서 있는 블랙 코트 요원에게 다가갔다. 그리고 그의 머리에 가만히 총구를 들이댔다. 실린더를 뒤로 잡아당겼다가 놓자, 철컥하는 소리와 함께 총알이 장전되었다.

"마지막으로 묻겠어."

"……."

"백화점 사건을 담당했던 요원이 누구지?"

"우리는 자신의 임무만 알지 다른 요원의 임무는 알 수 없다. 게다가 다른 요원의 정보에는 접근할 수조차 없다."

"그래? 그럼 다른 걸 묻지. 네가 일으킨 사고로 많은 사람이 다쳤다. 그중에는 여자와 아이들이 있다. 누가 그런 권한을 줬지?"

"판단은 하지 않는다. 다만, 실행할 뿐."

"그래? 죄책감도 못 느껴? 그럼 너도 미련 없이 뒈져야지!"

손가락 끝으로 방아쇠만 당기면 끝이었다. 그러나 사람을 쏜다는 것은 생각보다 쉽지 않았다. 망설여졌다. 훈련 과정에서 충분히 연습했지만, 그래도 눈을 마주치자 마음이 흔들렸던 것이다.

'내가 사람을 죽일 수 있을까?'

막 그리 생각했을 때였다.

탕!

한 발의 총성이 울렸고, 뒤에서 총탄이 날아들었다.

준서는 반사적으로 몸을 틀었고, 총탄은 직선으로 날아가 블랙 코트 요원의 목에 구멍을 냈다.

흠칫 놀라 돌아보자 거기에는 아케론이 서 있었다.

"뭘 망설이나. 망설이면 네가 당한다는 거 몰라?"

"사람이라 선뜻 내키지 않았어요."

아케론은 권총을 안주머니에 집어넣으며 말했다.

"아둔하긴. 인과율 조정 위원회에서 사람을 직접 보냈을 거 같아? 싸구려 기계들이 널렸는데?"

"그래요?"

준서는 한쪽 무릎을 꿇고 블랙 코트 요원의 구멍 난 목을 자세히 살폈다. 구멍 속으로 정교하게 얽혀 있는 크롬색 기계 장치들이 보였다.

"그렇군요."

"안드로이드의 약점이 뭐지?"

"파워 서플라이요."

"맞아. 놈들과의 싸움에서는 파워 서플라이를 빨리 파괴하는 게 관건이야. 전투형 중 하급 안드로이드는 보통 심장 뒤편에 위치한다. 블랙코트 요원 같은 지능형 안드로이드들은 목에 위치한다. 군사 학교에서 배운 것과는 다르니 꼭 기억해 둬."

준서는 고개를 끄덕였다.

"예. 그럴게요."

아케론은 블랙 코트 요원의 안주머니를 뒤져 그가 사용했던 장치를 조작하였다.

"이놈들과의 싸움이 끝났을 때엔 빨리 폐쇄 공간을 없애야 해. 그렇지 않으면 놈들이 끝없이 몰려오거든."

"왜죠?"

"그렇게 프로그래밍되어 있으니까."

"그렇군요."

탕. 탕. 탕.

아케론은 블랙 코트 요원의 안구를 향해 두 발 발사하고, 손목 안쪽을 향해 한 발을 쏘았다.

"안구에는 블랙박스가 들어 있어 영상 데이터를 확인할 수 있고, 손목 부위에는 IM(identity module) 칩이 있어 이놈의 신원을 확인할 수 있다."

"두 가지를 망가뜨리면 일종의 완전 범죄가 되는 건가요?"

"그렇지. 인과율 조정 위원회는 아무것도 추적할 수 없게 되지. 당분간 우리의 정체는 드러나지 않을 것이고 연맹 놈들은 큰 혼란에 빠질 거야. 재난 프로젝트에 오류가 발생한 걸로 알겠지."

"저 사고는 어떻게 하죠? 돌아가서 막을까요?"

"놔둬. 사망자는 없으니까."

"예."

"난 먼저 돌아가 있겠다. 공간 좌표를 보내 줄 테니 대성당으로 찾아와라."

"알겠습니다."

＊　　　＊　　　＊

주변 세상이 조금씩 원래의 색을 되찾기 시작했다.

폐쇄 공간이 없어져 가기 때문이다. 폐쇄 공간이 완전히 없어질 때쯤, 아케론도 시간 저편으로 사라져 갔다. 그가 안개처럼 사라진 후, 잔뜩 감겼던 태엽이 한 번에 풀리듯 세상이 빠르게 정상을 되찾았다.

"후우. 이제 시작이군."

준서는 얼른 신우에게 달려갔다.

"신우야."

대답이 없었다.

이쪽을 향해 있지만, 신우의 눈동자는 훨씬 더 먼 곳을 보고 있는 것 같았다. 인형처럼 얼어붙은 신우를 보자 슬픈 마음이 들었다.

'이렇게 가까이 있는데 서로 다른 공간이라 알아보지 못한다는 게 말이 돼?'

준서는 신우의 뺨을 어루만져 보았다. 낯설고 차가운 느낌. 싫다.

'이제야 깨달았어. 사람이 같은 공간에 있어도 시간이 다르거나, 같은 시간을 살아도 공간이 다르면 만나지 못할 수도 있다는 걸.'

시간이 흐르며 신우에게 조금씩 변화가 일어났다.

마치 처음 채색이라도 하듯, 양쪽 볼부터 붉은빛이 감돌았다. 다음은 귀여운 콧잔등, 도톰한 입술, 커다란 눈망울 순서대로.

웃으며 물었다.

'지금, 돌아오고 있니?'

준서는 아직 인형처럼 서 있는 신우를 꼭 끌어안았다.

'이대로 기다릴게. 너의 시간이 돌아올 때까지.'

*   *   *

사고 현장은 경찰들에 의해 바리케이드가 설치되었다.

모든 방향이 통제되자 몰려든 차량들 탓에 도로는 마비 상태였다.

빵빵.

출근길이 막혀 버린 터라 거리는 엉망진창이었다.

자동차 클랙슨 소리가 여기저기 울려댔고 욕설에 고함을 치는 택시 기사, 버스에 타고 있던 사람들은 참지 못하고 차에서 내려왔다.

사람들은 금세 거리를 메웠고 전부 사거리로 향했다.

집단 최면에 걸린 것처럼 한 방향으로 달려가는 사람들의 행렬은 섬뜩한 느낌마저 주었다.

"앞에 좀 갑시다."

"나 출근 늦었다고!"

서로 앞서 가려던 사람들이 꺼안고 있는 준서와 신우를 툭툭 치고 지나갔다. 그때마다 둘은 힘없는 물풀처럼 흔들렸다.

"쯧쯧. 애들은 아침부터 영화 찍네."

"교복 입고 대담한데?"

준서는 조금 전 상황에 몰입해 있었다. 신우를 잃어버릴 뻔했던 위급한 상황. 그렇기에 사람들의 조롱 따위는 들리지 않았다.

준서는 몰랐지만, 이미 정신을 차린 신우는 마음이 이상했다.

'이 뜬금없는 행동은 뭐지?'

신우의 시각은 이러했다. 잠깐 기다리라고 하기에 편의점에 가려나 보다, 생각했던 준서가 돌아와서 갑자기 끌어안은 것. 그것뿐이었다.

폐쇄 공간 안에서 벌어졌던 일은 신우의 시간 속에는 없기에 지금의 상황이 전혀 이해되지 않았던 것이다. 준서의 품에 안겨 있는 건 좋았지만 알 수 없는 불안감에 신우는 가슴이 두근거렸다.

더구나 준서가 사고를 예견하고 있었기에 그 불안감은 더했다.

'지금 왜 이러는 거야. 나 불안해.'

불안감을 떨쳐버리기 위해 신우는 농담을 했다.

"헤에. 아침부터 어인 일로 성은을 베푸실까?"

"응?"

"안아 주고 있잖아."

신우를 계속 안고 있었구나, 그걸 깨닫자 아까의 분노, 안타까움, 격정이 사라지면서 남은 건 겸연쩍음이었다.

"아."

준서는 머리를 긁적이며 물었다.

"많이 겁먹었지?"

"뭐가?"

잠깐 혼동했다. 도마뱀 인간의 존재를 신우는 알지도 못하는데. 준서는 재빨리 말을 돌렸다.

"사람들이 자꾸 치고 지나가서."

신우는 앞머리를 바람에 흩날리면서 희미한 웃음을 띤 채 살짝 고개를 끄덕였다.

"괜찮아."

"그럼, 다행이고."

"예쁜 여자의 팔자가 다 그렇지. 뭐."

"풋!"

신우가 정색하며 손가락을 좌우로 흔들었다.

"머슴은 그렇게 웃는 거 아니야."

"알겠습니다, 마님. 이제 등교하시지요."

"앞장서거라."

사람들이 북적거려 앞으로 나가는 게 쉽지 않았다.

경찰들에게 항의하는 아저씨들에 더해 보광동 쪽 도로까지 통제되어 있어 상황은 최악이었다. 어찌할 바를 모르고 있는데, 신우가 돌연 제안을 했다.

"우리 한강 둔치로 돌아갈까? 어차피 늦은 거."

"좋은 생각인데?"

"사고 소식을 들었을 테니 선생님한테 문자만 보내면 될 거야. 그지?"

"그래. 그러자."

준서가 흔쾌히 수락하자, 신우는 양발을 굴러 폴짝 뛰었다.

"와. 로또 맞은 기분이다."

＊　　　＊　　　＊

한강 둔치로 가는 길에는 버스 종점이 있었고, 그 옆에 터널이 있었다. 터널을 통과해야 한강 둔치가 나오는 것이다. 터널 위편은 강변도로였다. 강변도로 위를 자동차들이 빠른 속도로 달렸다.

따르릉.

벨소리가 울려 돌아보니 아홉 살쯤 되어 보이는 아이와 아빠가 자전거를 타고 지나갔다.

신우가 물었다.

"자전거 언제 배웠어?"

"저만 했을 때 같은데?"

"아빠한테 배웠어?"

"응. 근데 아빠는 되게 재미없어했어. 나 때문에 빨리 달리지 못하니깐 그랬던 모양이야."

"아빠들은 보통 아들 자전거 가르쳐 줄 때 좋아한다던데."

"울 아빠는 아니야. 아들이라고 봐주는 거 없어. 무지하게 자기중심적이지."

"설마."

"정말이야. 지금도 그래. 맛있는 건 자기 먼저……."

준서의 말이 끝나기도 전에 신우는 웃음을 터뜨렸다.

"하하하. 재밌으시다."

웃음소리는 작았지만 터널인 까닭에 잘 울려 퍼졌다.

터널을 빠져나가자, 시야가 확 트이며 널따란 한강 둔치가 눈앞에 펼쳐졌다.

그때 강바람이 불었다.

불어온 강바람이 신우의 머리카락을 들어 올렸다. 신우의 머리카락에서 갓 빨아 놓은 옷 같은 향기가 났다.

"와, 살 것 같다. 이 시간에 교실이 아니라 한강 둔치라니. 신 난다."

신우는 두 팔을 벌리며 긴 목을 젖히고 바람을 올려다보았다. 하늘에는 구름이 빠르게 흘러가고 있었다.

"바람아. 이 세상에서 누가 제일 예쁘니?"

헉.

그런 말을 제 입으로 큰 소리로 외치다니. 정신이 퍼뜩 들며 손발이

오그라들었다. 아니나 다를까, 운동을 하러 나온 사람들이 웃으며 힐끔거렸다.

아, 쪽팔려.

준서는 신우의 팔을 잡아당기며 나직이 속삭였다.

"너 지금 머리에 꽃 꽂은 애 같은 거 알아?"

신우의 눈초리가 매섭게 올라갔다.

"야, 바람. 왜 대답 안 해?"

"뭘."

"이 세상에서 누가 제일 예쁘냐고."

"너다. 됐어?"

"오케이. 하하."

"좋은 데이트 코스가 있는데, 갈까?"

"업어 주면 콜!"

준서는 신우를 업고 강가로 내려갔다.

하늘은 구름 한 점 없이 맑고 깨끗했다. 바람이 제법 부는 탓에 물비린내가 코끝에 느껴졌다.

신우는 좋았다.

가벼운 발걸음도, 봄 하늘도, 나뭇잎의 그림자도 전부 좋았다. 그중에서 가장 좋은 것은 준서의 등이었다.

"무거워?"

"응."

"많이 무거워?"

"알면 좀 내려."

"치사해. 거짓말 좀 해 주면 안 돼?"

"하하, 아니야. 다 와서 그래."

강가의 바위는 대부분 울퉁불퉁했다.

둘은 그나마 평평한 바위를 골라서 앉았다. 귓속에서 바람이 울었다. 강물은 햇빛에 아름답게 반짝였고, 수면 위에는 등고선 같은 파문이 일었다.

너무도 좋은 봄날.

아직도 믿어지지 않는다.

이렇게 빛나는 세상이 폐허가 되다니. 사실일까?

도마뱀 인간 같은 안드로이드들이 설치는 세상은 상상만 해도 끔찍했다.

신우가 물었다.

"이런 데는 어떻게 알았어?"

"어렸을 때 아빠랑 자주 왔었어. 엄마가 생각나면 항상 여길 데려왔거든. 둘이 데이트하던 곳이래."

"그렇구나."

"일종의 우리들만의 비밀 아지트인데. 내가 한 번 대들고 나서는 아빠는 오지 않아. 나만 가끔 왔지."

"좋으신 분이라며. 왜 대들었어?"

"백화점이 무너지던 날, 엄마가 내 분유 사러 갔었거든. 그날, 아빠는 뭐 했냐고 따져 물었었어."

"뭐라고 하셨어?"

"미안하다는 말만 하곤 다른 말은 없었어."

"속상하시겠다."

"후우. 그러게."

얼핏 보기에 물속에는 아무것도 없어 보였다.

강물이 흐린 탓도 있었지만 눈이 익숙하지 않아서였다. 하지만 자세히 관찰하면, 눈이 익숙해지고, 그러면 숨어 있는 것들이 보였다.

송사리들.

엄지손가락만 한 송사리들이 물속에 잠겼다가 수면 위로 입을 뻐끔거리기를 반복했다.

"봤어?"

"응. 봤어."

이야기해야 한다.

언제까지 속일 수 없으니 얘길 해야만 했다. 여러 가지 생각이 머릿속에서 엉켰다. 말하고 싶었지만 무슨 말을, 어디서부터 어떻게 꺼내야 할지 몰랐다.

"신우야."

"응?"

"내 말 잘 들어."

신우는 눈물에 젖은 눈을 천천히 한 번 깜박였다.

준서는 힘들게 입을 떼었다.

"앞으로 말이야. 사람들이 사라지고, 잊혀지고, 또 기억하지 못하고, 때론 죽기도 하고…… 그렇게 우리가 사는 세상은 폐허가 될 거야."

"……"

준서는 그간에 경험했던 놀라운 일에 관해 전부 말해 주었다. 빠짐없이 전해 들은 신우의 얼굴이 파랗게 질렸다.

"어떻게 그런 일이 벌어져?"

"시간의 개념에 대해 설명할게."

"……."

"우리가 대략 2.5미터 앞에 놓인 거울을 볼 때 우린 현재 자신의 모습을 보고 있다고 생각하지만, 사실 거울 속의 모습은 16나노 초 전의 나의 모습이야. 여기서 16나노 초는 빛이 거울에 반사되어 돌아오는 시간이고. 엄밀히 따지자면 과거의 나를 보는 셈이지. 음, 우리 자율 학습 끝나고 나올 때 별 많이 봤지?"

"응."

"밤하늘의 별을 볼 때도 마찬가지다? 하늘에 빛나는 북극성의 반짝임도 무려 630년 전에 빛나던 모습인 거래."

"그럼 우리가 보는 게 630년 전, 과거의 북극성이란 거야?"

"어."

"우와."

"하여간 한 가지 확실한 사실은 시간의 개념이 우리가 아는 것과 많이 다르다는 점이야."

"너는 이런 걸 어떻게 알았어? 원래 관심이 있었어?"

"아니, 군사 학교에서 배웠어. 아까 말한."

"그 아저씨가 우릴 살려 준 거구나."

"맞아."

"그 아저씨는 왜 너를 선택한 걸까."

그건 준서 자신도 모를 일이었다.

"나도 몰라. 운명이래."

"넌, 왜 받아들인 거야?"

"미래 인류는 계속해서 재난 프로젝트를 진행할 거야. 사람들 모르게. 많은 희생자가 발생하고, 나처럼 더 많은 슬픈 사연이 생기겠지. 난 그걸 막고 싶어."

"······."

"그리고 무엇보다도, 엄마를 구할 수 있다니까."

신우의 눈이 동그래졌다.

"어, 어떻게?"

"95년. 그날로 돌아가서."

"정말?"

준서는 교복 소매를 걷어 손목에 찬 팔찌를 보여 주었다.

"이게 그걸 가능케 해 주는 장치야."

"타임머신?"

"비슷해. 다른 기능도 많지만."

"정말 그럴 수 있다면 너무 좋겠다."

"······."

신우가 준서의 얼굴을 살폈다.

"그런데 왜 표정이 안 좋아?"

"엄마를 구할 순 있지만 같이 살 수는 없어. 엄마를 구하는 순간, 또다른 공간이 생겨 버리거든. 그리고 그 공간은 우리의 시간과 연결되지는 않아. 그걸 시간의 패러독스라고 한대."

신우가 운동화 뒤꿈치로 바위를 툭툭 찼다.

"엄마를 구해도 같이 살 수 없다니…… 슬프다."

"그래도 구하는 게 낫겠지?"

"그거야 당연하지."

"그래서 결정한 거야. 이 길을 가기로. 또 중요한 건 여기에도 지켜야 할 소중한 사람이 많으니까. 아빠, 그 여자, 그리고 너."

"꼭 날 지켜 줘야 해. 그런다고 약속해."

"그럴게."

"만약, 시공간이 어긋나 우리가 헤어진다고 해도 날 찾아오겠다고 약속해."

신우가 새끼손가락을 내밀었고, 준서는 자기 새끼손가락을 거기에 걸었다.

"그래. 약속할게."

그때였다. 후줄근한 야상 점퍼 차림의 사십 대 남자가 뒤뚱거리며 바위를 건너왔다.

"아, 강물 더러운 거 봐라. 저기 뚝섬 쪽 공장들이 아직도 폐수를 버리는 모양이네. 한 번 단속하러 나가야겠는데."

준서와 신우는 낯선 불청객 때문에 엉거주춤 일어섰다.

남자가 물었다.

"네가 준서냐?"

"그런데 아저씨는 누구세요?"

남자는 경찰 신분증을 꺼내 보여 주었다. 그는 동부 경찰서 소속 경위 강신철이었다.

"난 경찰 짓으로 밥 벌어 먹고 사는 사람인데, 너 나 좀 따라와야겠다."

"왜요? 전 잘못한 거 없는데요."

"에이, 잘못은 개뿔. 그런 거 아냐. 뭐 좀 물어보려고. 잠깐이면 돼."

"신우는요. 갈 필요 없죠?"

"그럼. 여학생은 우리 차로 학교까지 데려다 줄게. 북고 학생 맞지?"

신우가 떨리는 목소리로 말했다.

"준서야. 아빠한테 전화할까?"

"아냐. 걱정 말고 먼저 학교에 가 있어. 금방 다녀올게. 알았지?"

"응."

강신철이 신우를 향해 손을 들었다.

"데이트 방해해서 미안해. 핫핫."

준서는 긴 다리로 성큼성큼 앞장서 걸었다.

"가시죠?"

*　　*　　*

형사 강신철은 차창에 왼쪽 팔을 걸친 채 연신 라디오에서 흘러나오는 트로트를 따라 불렀다.

"나는 이제 지쳤어요, 땡벌 땡벌. 무지하게 지쳤어요, 땡벌 땡벌. 이제 그만 형사질을 때려치우고 싶어요. 오오~"

아, 정말 지친다. 이제 그만 좀 부르지?

준서는 반대편으로 몸을 돌리고 창밖만 쳐다보았다.

멀리 국도가 보였다.

갑자기 날이 흐려졌다. 잔뜩 흐린 날씨 탓에 아직 오전인데도 가로등이 하나둘씩 켜졌다. 그것은 북쪽의 빛처럼 너울거리며 희미하게 반짝였다.

"겁먹지는 마라. 이래 보여도 진짜 경찰이다."

"알아요."

"안다고? 어떻게 알지?"

"드라마나 영화에서 보면 형사들은 다 아저씨처럼 후줄근하더라고요."

"에이. 이 자식이."

강신철이 주먹을 쳐들었다가 슬그머니 운전대를 다시 잡았다.

"나도 인마, 차려입으면 죽여 줘."

죽여 주긴. 그 꼴에?

한 시간 만에 도착한 곳은 서울 근교에 있는 꽤나 세련된 건물이었다. 경비가 삼엄한 걸 보니 상당히 중요한 기관이지 싶었다.

정문을 통과할 때 간판을 봐두었다.

간판에는 하얀색 바탕에 파란 글씨로, IMS(international monitoring station, 監視局)라고 적혀 있었다.

*　　　*　　　*

감시국 상황실.

이곳은 여러 무선국의 운영 현황을 감시하는 곳으로 주파수 편차, 점유 주파수 대역폭, 스퓨리어스(電波) 발사, 혼신(混信), 불법 무선 기지 등을 조사하거나 항행 위성 시스템 내 위성의 궤도 위치 데이터나 그 송신 주파수를 관리하는 일이 주요 업무였다.

상황실에는 고화질 멀티스크린이 벽면 전체에 둘러져 있었다. 영화에서나 봄 직한 어마어마한 장비 시스템이었다.

여기가 경찰서인가?

속의 말을 듣기라도 한 듯 강신철이 말했다.

"여기 경찰서 아니다. 속았지? 핫핫."

"어딘데요?"

"감시국."

"무슨 감시국이요?"

강신철은 준서의 질문을 무시하고 뒷자리, 헤드폰을 쓰고 앉아 있는 엔지니어에게 손짓을 했다.

"어이, 그 탱크로리 사고 장면 좀 틀어 봐."

"예. 팀장님."

탱크로리? 머릿속에 떠오른 생각이 있었다. 탱크로리라면 우리가 탄 스쿨버스와 관련된 것인가?

"얼마 전에 탱크로리 한 대가 북한강에 추락하여 운전기사가 사망했는데, 좀 이상한 점이 있어서 말이야. 알지? 니들이 탄 스쿨버스랑 충돌했던 탱크로리."

"예. 알아요."

"혹시 부딪치기 전에 그 운전기사 얼굴 봤냐?"

"아뇨. 못 봤어요."

"그래, 그랬겠지. 안개가 심했으니까."

"이상한 점이 뭔데요?"

"탱크로리를 인양했더니 죽은 운전기사가 조수석에 앉아 있더라고. 혈중 알코올 농도 만취. 말이 되냐? 내 말의 요지는, 그렇다면 운전은 누가 했냐, 이거야. 이해하겠지?"

"예."

"팀장님. 지금 틉니다."

강신철이 왼팔은 준서의 어깨에 두르고, 오른손에 든 리모컨으로 대형 모니터를 가리켰다.

"잘 봐봐."

화면에 안개가 자욱이 낀 국도가 나타났다. 이어 스쿨버스 한 대가 흐릿하게 보였다. 소풍 날 우리가 탄 버스였다. 이렇게 제삼자의 관점에서 보는 기분은 묘했다. 그러나 긴장되는 건 마찬가지였다.

"여기 보면, 스쿨버스의 브레이크가 고장 나서 속도를 줄이려 애를 쓰는 게 보여. 이것만도 대단한 거지. 그런데, 여기서 말이야. 그래, 이 지점. 여기서 탱크로리가 갑자기 중앙선을 넘어와. 그렇지? 버스 운전사 식겁했을 거야. 왜냐면 안개 때문에 탱크로리가 CCTV 화면에도 안 잡혔거든. 아무리 반사 신경이 좋다고 해도 탱크로리를 발견한 시점에서는 피할 수가 없어. 속도가 있으니까. 그런데 참 절묘하게 피한단 말이지. 마치 알고 있었던 것처럼. 그래서 탱크로리는 혼자서 강물로 풍당. 디 엔드."

말을 마친 강신철이 준서를 돌아보았다.

"이해돼?"

"예."

"탱크로리를 어떻게 피했는지 버스 기사한테 물어보니까 기억이 전혀 안 난데. 제길, 이 아저씨 교회 열심히 다닌 모양이야. 이건 하늘이 도운 거거든."

"요점만 말씀하세요."

"오케이. 어이, 화면 좀 당겨봐."

화면이 점점 클로즈업되었다.

초점은 반대편에서 달려오는 탱크로리 운전석에 맞춰졌다. 놀랍게도 탑승자는 두 명이었다. 화면이 다시 클로즈업되더니 이번에는 운전석이 풀 샷으로 잡혔다. 확대한 것이라 화질이 뭉개져서 거의 알아볼 수가 없었다. 그러나 곧 화면이 재구성되더니 이번에는 선명하게 보였다.

"......!"

또 놀랄 수밖에 없었다. 운전을 하고 있는 자가 한남동 사거리에서 교통사고를 냈던 블랙 코트 요원이었던 것이다.

"탱크로리 운전기사 같지 않지? 양복에 선글라스. 어울리지 않잖아. 대체 이 새끼는 누굴까?"

은근히 떠보고 있었다. 준서는 말려들지 않으려고 일부러 퉁명스럽게 쏘아붙였다.

"그걸 왜 저한테 물어요."

강신철은 노련하게 대처했다.

"아아, 혼잣말이니까 넌 신경 쓰지 마."

아니면서.

"혹시 봤냐?"

"아뇨."

강신철의 송충이 눈썹이 꿈틀거렸다.

"난 봤다. 한남동에서."

준서는 속으로 움찔했다. 갑자기 한남동 얘기를 꺼내서였다. 뭔가 알고 있나?

"……."

틱. 강신철은 대형 모니터에 대고 리모컨을 꾹 눌렀다. 화면이 바뀌는 동안 그가 말했다.

"참고로 이건 CCTV가 아니다. GPS에서 잡은 거야."

대체 여기는 뭐 하는 곳인데 GPS까지…….

화면은 한남동 사거리로 바뀌었다. 사거리 곳곳을 비춰 주던 화면이 편의점에서 클로즈업되었다. 화면은 정확히 편의점 파라솔 의자에 앉아 있는 블랙 코트 요원을 잡았다.

"핫핫핫. 이 새끼 요기 있네. 맞지? 아까 그놈."

"예."

"그래서 우리가 딱 잡으려고 했는데 말이야."

틱. 강신철이 리모컨으로 또 화면을 바꿨다.

바뀐 화면에는 준서 자신이 잡혔다. 신우에게 말하고 막 길을 건너 블랙 코트 요원에게 다가가는 장면이었다. 화면은 잠시 암전이 되었고, 다시 이어진 화면은 신우를 끌어안고 있는 모습이었다.

"여기서 안타깝게 녹화가 안 됐어."

강신철은 리모컨으로 관자놀이를 누르며 말했다.

"이건 또 뭘까. 아무리 생각해도 답이 안 나와서 직접 물어보려고 널 데려온 거다."

"……."

"저 새끼가 나타난 곳에는 왜 네가 있는 걸까. 널 만나고 난 뒤에 저 새끼는 어디로 사라졌을까. 이 아저씨는 그것이 궁금하거든?"

이번 질문만큼은 진지했다. 표정도 목소리 톤도.

준서는 오히려 반문했다.

"여기는 정확히 뭘 하는 곳이에요?"

강신철은 진지하게 답변해 주었다.

"주파수. 쉽게 말해 전파로 변환하여 방사되는 모든 신호를 모니터링하는 곳이다. 잡히기만 하면 외계 언어도 해석한다."

"……."

"네 도움이 필요하다. 알고 있는 게 있다면 뭐든지 말해 다오. 우리가 이러는 이유는 꽤나 위험해 보이는 데이터를 수집했기 때문이야."

"뭔지 보여 줄 수 있어요?"

"물론이지."

강신철은 서류 파일에서 A4 용지 한 장을 꺼내 보여 주었다.

"미래에서 온 메시지."

Chapter 5
재앙이 일어난 날에

어느 반군 병사의 일기

10월 15일.
시월 중순인데 벌써 첫눈이 내렸다.
기상학자들은 관측 사상 최고의 혹독한 겨울이 올 것이라 했다. 그들의 예측대로라면 올겨울 수많은 사람들이 얼어 죽고 말 것이다. 군인이 되길 잘했다. 방한복이 어디인가? 가족들에겐 겨울을 지낼 땔감조차 없을 것이다. 아케론에게 이 방한복을 전해 주고 싶다.
사랑하는 동생 아케론.
테오 형의 그림을 팔아 땔감을 구하렴.

10월 25일.

황폐해진 지구에 녹색의 땅은 더 이상 존재하지 않는다.

먼 우주 공간에서 볼 때, 지구가 회색빛으로 보이는 까닭이 이 때문이란다.

공기와 물, 그리고 식량이 턱없이 부족하다.

사람이 살 수 있는 땅 역시 점점 줄어가고 있다.

연맹은 또 한 번 약속을 어겼다. 지난번 휴전 협상에서 식량을 지원해 주기로 했으나 약속을 지키지 않았다. 그들과의 공존은 불가능한 것일까?

반군 지도부는 항전을 결정했다.

난 동부 전선으로 배치받았다. 최전방으로, 진압군과 대치 중인 곳이다.

곧 치열한 전투가 시작될 것이다.

11월 19일.

높이 5미터에 무게가 무려 10톤에 육박하는 전투형 안드로이드 TK-100은 차라리 악몽이다. TK-100이 발사하는 역장포(力場砲)소리가 귀에서 떨어지질 않는다.

전투가 개시되고 우리는 열흘 동안 진지 밖으로 나가 보질 못했다.

지옥 같은 날들이 계속되고 있다.

아아. 전투형 안드로이드인 TK-100을 서기 2013년으로 투입할 생각을 하다니, 연맹의 원로들은 미쳤다. 저 괴물에 맞서는 우리도 미쳤다.

이것은 미친놈들의 전쟁이다.

11월 22일.

TK-100을 앞세운 연맹군의 대대적인 공세에 전선이 10킬로미터 후방으로 밀렸다.

폭설은 사흘째 그치질 않고 있다.

동상 때문에 발가락이 썩은 모양이다. 군화를 벗을 때마다 악취가 난다.

우리는 이 전쟁에서 승리할 수 있을까?

아케론이 보고 싶다.

사랑하는 내 동생 아케론, 너는 잘 있는지.

11월 25일.

마운틴-K 지역에서 치열한 격전이 벌어졌다.

연맹군은 칠 일 동안 밤낮을 가리지 않고 포격을 해댔다. 나는 마지막 순간이 다가오고 있음을 느꼈다.

눈 덮인 마운틴-K에 황금빛 저녁 햇빛이 들었다.

보름 만에 보는 햇빛이다.

이런 겨울에 불모의 툰드라에서 햇빛을 보다니 운이 좋은 날이다.

이것이 살아서 보는 마지막 햇빛이 될지도 모른다.

거대한 엔진 소리에 참호 밖을 나가보았다. 오백 기도 넘는 TK-100이 산등성이를 타고 올라오는 것이 보였다. 아무런 감정도 없는 살인 병기들.

두렵다.

역장포가 진지에 떨어지며 눈밭 위로 붉은 꽃잎이 흩날렸다. 붉은 꽃잎은 전우들이 흘린 핏물이다.

여기서 얼마나 더 버틸 수 있을까?

연맹은 곧 서기 2013년으로 군대를 파견할 것이다.

우리는 죽음으로 그들의 진로를 막아야만 한다.

젊은 우리가 왜 이런 낯선 곳에서 죽어 가야 하는지.

아무도 그 이유를 묻지 않았다.

나도 그 이유를 정확하게는 알지 못한다.

다만, 과거 인류가 우리의 마지막 희망이란 사실만을 어렴풋이 짐작할 뿐이다.

서기 2013년이여. 제 말 듣고 있습니까?

쏟아지는 포탄. 쏟아지는 굉음.

무섭습니다.

나는 죽는 것이 무섭습니다.

제발, 우리를 구해 주십시오.

테오란 이름의 반군 병사가 아케론의 형이라니. 어떻게 이런 참혹한 일이. 관자놀이가 지끈거리고 손이 부들부들 떨렸다. 이마에서는 식은 땀마저 흘러내렸다. 준서는 차마 고개를 들지 못하고, 미래에서 보낸 메시지만 뚫어지게 보았다.

"후우."

강신철이 내뿜은 푸른 담배 연기가 메시지 위에서 뭉글거렸다. 그는

담배를 문 채 아무 말 없이 기다려 주었다.

미래는 절규하고 있다.

구할 수 있을까?

준서는 한참을 고민한 후에 입을 열었다.

"무슨 말을 하든 믿어 줄 거예요?"

*　　*　　*

어떤 상태(원인)에서 다른 상태(결과)가 필연적으로 일어나는 경우. 이를 '인과율', 또는 '인과율의 법칙'이라 한다.

팀장 강신철.

닳고 닳은 속물처럼 보이나 실력은 겉보기와 다른 사내.

현장에서 전국 검거율 1위를 차지할 정도로 실력이 출중했으며, 물리학에 대한 지식도 해박하여 IMS 팀장으로 전격 발탁되었던 것이다.

줄담배에 커피, 덥수룩한 머리카락, 후줄근한 옷차림을 보면 노숙자나 다름없었지만, 그의 행동에는 노련함과 여유가 묻어 있었고, 특히 가끔씩 매섭게 번득이는 눈빛은 그의 경력을 대변해 주는 듯했다.

준서가 무겁게 입을 열었다.

"미래 인류가 재앙을 일으키고 있어요. 거꾸로 말하면, 지금 일어나는 재앙 중 어떤 것은 미래 인류의 짓이라는 겁니다."

잠시 침묵이 흘렀다.

미래 인류니 어쩌니 하는 말이 선뜻 납득이 안 되는 모양이었다. 한참

동안 눈을 끔벅이던 강신철이 물었다.

"어떤 미래 인류?"

"서기 2525년, 세상의 지배자들이요."

강신철이 새 담배를 꺼내 입에 물었다.

"이를테면 어떤 사고를 말하는 거냐."

"우리백화점 붕괴사고 같은 거요."

"우리백화점? 그런 백화점이 있었나? 난 왜 모르고 있을까."

역시 똑같은 반응. 이젠 지겨울 정도다.

"그건 미래 인류가 기억 망각이란 기법으로 우리의 기억을 없앴기 때문이에요. 마치 컴퓨터 바탕화면의 휴지통에 버리듯이, 아저씨의 기억을 완전히 삭제한 거죠."

"기억력? 나 기억력 죽이는데? 내가 몽타주*한 번 봤다 하면, 그 새끼는 길에서 스쳐도 기냥 잡아버려."

"그건 아저씨 생각이고요."

강신철이 미간을 좁히며 손가락으로 테이블을 두어 번 두드렸다.

"논리적으로 설명 가능해?"

"여기라서 오히려 가능할 거 같아요."

"여기?"

"아저씨 말대로 우리나라 전체를 GPS로 모니터링한다면, 여기에는 모든 데이터가 저장되어 있겠죠?"

"당연하지. 자랑스러운 IT 강국인데."

"95년에도 이런 시스템이 있었어요?"

"없지. 하지만 방송에 나갔으면 그날의 영상이 데이터로 남아 있지 싶다. 방송국 같은 곳의 데이터를 지울 순 있어도 보안이 철저한 이곳의 데이터까지 손대진 못할 테니까. 물론, 네 말이 사실이라는 전제하에."

"그렇다면 날짜 1995년 6월 29일, 명칭 우리백화점. 위치 정보, 강남으로 검색해 보세요."

강신철은 흔쾌히 결정을 내렸다.

"좋다."

잠시 후, 영상 자료실 인터폰에 녹색 불이 들어왔다.

이어 약간 흥분된 목소리가 흘러나왔다.

[팀장님. 그 학생 말이 사실인데요? 말씀하신 자료, 화면에 띄울게요.]

"그래?"

그제야 심각해진 강신철이 팀원을 불렀다.

"다들 모이라고 해."

"예. 팀장님."

강신철의 지시에 따라 엔지니어 몇 명을 제외한 감시국 팀원 전체가 대형 모니터 앞으로 모였다. 그리고 영상 자료실에서 송출되는 영상을 지켜보았다.

사고는 참혹했다.

본관이 먼저 무너지고 이어서 별관이 붕괴되는 장면이 여과 없이 보였다. 아비규환이었다. 너무도 처참하여 아마 방송국에서 그대로 보여 주지 못했을 것이었다.

어떻게 백화점이 무너진단 말인가.

"아……."

팀원들의 입에서 탄식하는 소리가 새어나왔다.

"눈뜨고 못 보겠네."

"백화점을 어떻게 지었기에."

"도대체 언제 이런 일이 발생했던 거야."

준서 입장에서는 사고 영상을 보는 것이 더욱 쉽지 않았다. 엄마가 저 안에 있었을 것을 생각하니 눈에 핏발이 서는 기분이 들었기 때문이다. 그래서 팔찌를 사용하여 확인하지 않았던 것인데.

'개자식들.'

슬픔이 북받쳐 오르며 금세라도 눈물이 흘러내릴 것만 같았다. 하지만 준서는 눈물을 참고 이를 악물었다.

'가만두지 않겠어.'

강신철은 연거푸 담배만 피워댔다. 노련한 그도 심각한 혼란을 느끼고 있는 것이다.

그는 인상을 구기며 담배를 낀 손가락으로 미간을 문질렀다.

"놀랍군."

그러다가 참았던 숨을 한꺼번에 토해냈다.

"후아. 어떻게 이런 일이 벌어지지?"

팀원들도 어찌할 바를 모르는 눈치였다.

준서가 감정을 추스르고 나섰다.

"다시 한 번 말씀드릴게요. 미래를 지배하는 자들. 그들이 재앙을 일으키고 있어요. 지들이 사는 세상의 인구 조절을 위해, 그리고 그 사실을 은폐하기 위해 사람들의 기억을 지우고 있고요. 아시겠어요?"

강신철이 다리를 꼬며 물었다.

"걔네들은 뭐가 문젠데? 인구? 식량 부족?"

"둘 다요."

"SF 소설을 너무 많이 읽은 거 아니냐?"

"지금 본 건 어떻게 설명하실래요?"

"그러게. 그게 참 딱히 답이 안 떨어지네."

"전 다녀왔어요. 거기서 직접 봤죠."

"미래에? 타임머신 타고?"

"네."

"……."

침묵의 의미를 알 것 같았다.

사고 현장을 눈으로 보고도 믿지 못하는데, 미래에 다녀왔다는 말은 더욱 믿기지 않을 것이었다. 갑자기 실망스러운 기분이 들었다. 날 왜 부른 거야? 믿지도 않을 거면서. 제길, 여기에 있을 이유가 없잖아.

"먼저 말씀드렸죠? 무슨 말을 하든 믿을 거냐고. 그 약속 못 지킬 거면 저는 이만 가볼게요."

그때, 무엇이 생각난 듯 강신철의 눈빛이 반짝였다.

"아, 잠깐만!"

그는 정신없이 테이블 서랍을 뒤졌다. 그리고 서랍 제일 밑바닥에 있던 파일에서 몇 장의 사진을 꺼내 그중의 한 장을 보여 주었다.

"이걸 잊어먹고 있었네. 이거 좀 봐봐."

그가 보여 준 것은 커다란 비행선 사진이었는데, 비행선 몸체에는 '힌 덴부르크 Lz—129'란 글자가 새겨져 있었고, 그 앞에는 승무원으로 보이는 사람들이 옛날 복장을 입고서 활짝 웃고 있었다.

"우리와 같은 임무를 수행하는 미국의 한 기관에서 보내온 거다. 이 비행선의 정식 명칭은 Lz—129 힌덴부르크 비행선. 제1차 세계대전이 끝난 후에는 승객 화물 수송용으로 이용되었는데, 미국 뉴저지 주(州) 허스트 비행장에 착륙하던 중 갑자기 폭발하여 96명의 사상자를 냈다."

"처음 듣는 얘기네요."

"여기 좀 볼까?"

강신철은 리모컨으로 자료 화면을 모니터에 띄우고, 줌인하여 사진 속의 한 인물을 잡았다. 그리고 그걸 클로즈업했다.

놀라웠다.

사진 속 인물이 얼마 전에 본 블랙 코트 요원하고 똑같이 생겼기 때문이었다.

이번에는 탱크로리 운전석에 앉아 있던 남자의 사진이 모니터에 떴다. 강신철은 리모컨을 조정하여 두 사진을 오버랩시켰다. 화면 하단에 '정확도 100퍼센트'라는 글자가 생겼다. 흔히 쓰는 말로 싱크로율 100퍼센트라는 의미였다.

"내가 생각해 봤어. 이놈은 불사신인가? 어떻게 몇백 년 전 사진 속에 들어가 있지? 아무리 생각해 봐도 해답을 얻지 못했었다."

강신철은 테이블 위에 올려놓은 사진을 툭툭 쳤다.

"이것들도 과거에 발생했던 대재앙 사진들인데, 분석 결과는 똑같아. 저 멸치 대가리 같이 생긴 놈이 꼭 끼어 있지. 미국도 마찬가지야. 그쪽 감시국과 손잡고 추적했지만 여태까지 별 성과가 없었어. 그런데 오늘, 네 말을 들으니 조금 감이 오거든? 말해 봐라. 이 멸치 대가리가 미래

인류가 보낸 놈이냐?"

준서는 고개를 끄덕였다.

"예."

"맙소사."

"블랙 코트라 부르는 지능형 안드로이드예요. 미래에서 파견된 사고 전담 요원이죠."

"좋다. 그러면 다시 원점으로 돌아가 보자. 한남동에서 저놈을 만났을 때, 거기서 무슨 일이 벌어졌지?"

"놈들은 폐쇄 공간을 만들어 작업을 해요. 그 공간 안에서는 흐르던 시간이 멈추죠. 아까 화면이 잠시 암전(暗電)된 이유가 아마 폐쇄 공간 때문일 거예요."

"후우. 폐쇄 공간이라. 갈수록 태산이군."

"예."

"거기에서는 시간이 멈춘다?"

"예."

"의문이다. 왜 너한테만 이런 일이 일어나는지. 왜 너만 이런 사실을 아는지. 누가 가르쳐 준 걸까? 예를 들자면, 미래에서 온 사람이라든가. 응?"

"왜 나한테만 일어나는지 그건 나도 알지 못해요. 그리고 이걸 가르쳐 준 사람에 대해서는 말씀드릴 수가 없어요. 제가 말씀드릴 수 있는 건 앞으로 현재 세상은 점점 폐허가 될 것이란 점과 미래 인류의 계획을 막을 수 있는 한 막아야 한다는 것뿐이에요."

"한남동 멸치 대가리는?"

"파괴했어요. 제가."

강신철이 담배를 문 채 얼굴을 들었다.

"뭐라고?"

도저히 믿기지 않는 모양이었다. 그는 어처구니가 없다는 표정으로 준서를 빤히 쳐다보았다. 그동안 생담배가 타들어 가면서 생기는 연기가 흰 선을 그리며 그의 손가락 사이를 빠져나왔다.

'그렇게 안 믿겨지나?'

답답하기도 했지만 한편으론 준서는 마음이 편해졌다. 혼자 알고 있기엔 부담감이 컸던 탓이었다. 상대가 믿든 말든 털어놓고 나니 홀가분해진 면이 있었다.

그러고 보니 여기서 이럴 때가 아니었다.

'대성당에 들르는 게 좋겠어.'

아케론을 만나야 했다. 복귀 신고도 해야 하지만 그의 형이 남긴 일기를 전하는 게 도리일 것 같아서였다.

스마트폰을 보니 신우한테서 온 부재중 전화가 수차례 찍혀 있었다.

"신우는요?"

"학교로 데려다 주었다."

"너무 늦었어요. 이제 가볼게요."

준서는 백팩을 들고 일어섰다. 그리고 힌덴부르크 관련 사진과 반군 병사의 일기를 챙겨 넣었다.

"이 자료들은 제가 가져갈게요."

강신철이 다 타버린 담배를 커피 잔에 담그며 말했다.

"데려다 주마."

"아뇨, 혼자 갈게요."

"알았다. 대신 핸드폰 번호 좀 놔두고 가라."

"왜요?"

"이미 같은 배를 탔잖아. 네 말대로 우리가 뭔가를 해야 한다면 이미 같은 팀이라고 봐야지. 그리고 이건 내 명함이다. 무슨 일이든 필요하면 연락하고."

"예."

준서는 감시국에서 나와 곧바로 대성당의 공간 좌표를 팔찌에 찍었다.

＊　　　＊　　　＊

중간계 세상은 변해 있었다.

산 위에 떠 있던 새하얀 한낮의 구름, 반짝반짝 빛나던 강, 숲이 우거졌던 구릉지. 그것들이 있던 자리를 죽음의 재가 대신하고 있었다.

'무슨 일이지?'

대성당이 있던 자리가 저쪽이었던가?

준서는 무작정 길을 따라 걸었다.

가는 동안 아무도 마주치지 않았다. 마치 대재앙이 일어난 후 살아남은 최후의 생존자가 된 기분이었다.

강이 있던 골짜기도, 건너편도 완전히 검게 타 버렸다.

가지를 잃고 숯이 돼 버린 나무줄기들이 스산한 느낌을 주었다.

'대체 어떻게 된 거야. 혹시 연맹군이 쳐들어온 건가?'

휘이잉.

춥고 바람 부는 언덕 꼭대기에 서서 주변을 내려다보았다. 생명의 흔적은 전혀 없었다.

잿빛 황량한 초원.

시야에 들어오는 모든 것이 재와 먼지로 덮여 있었다. 준서는 언덕에서 내려와 시뻘건 진흙이 드러난 길을 걸었다.

한참을 걷다 보니 대성당이 보였다.

이곳 역시 전쟁의 화마를 피하지 못한 것 같았다.

분수대의 물은 말라 버렸고, 붉은 용의 동상과 뾰족한 첨탑들은 처참한 꼴로 녹아내려 있었다.

그리고 불타 버린 건물은 마치 목탄으로 스케치를 해 놓은 묘지를 연상케 했다.

'연맹군에게 기습을 받은 게 분명해. 아케론과 루치우스 사제님은 어디로 갔을까.'

준서는 천천히 건물 안으로 들어갔다.

긴 복도에는 많은 죽음들이 널려 있었다.

시신들이 낯이 익었다.

이들은 군사 학교에서 같이 훈련을 받은 기사 수련생들이었다.

그들은 누더기처럼 너덜너덜한 살가죽을 두른 해골이 되어 복도를 메우고 있었다.

연맹군이 대학살극을 벌인 게 분명했다.

"후우. 끔찍하군."

긴 복도를 지나 뒤뜰로 나가자, 별채 계단 위에 깨진 철문이 보였다.

가까이 가서 보니 그것은 서재의 문이었다.

커다란 캔버스가 눈에 들어왔다. 아케론은 그 앞에 앉아 그림을 그리고 있었다. 정확하게는 어느 지역의 지도 같은 것이었다.

아케론은 돌아보지 않고 담담하게 말했다.

"왔구나."

"어떻게 된 거예요?"

"연맹의 습격을 받았다."

"이곳의 좌표는 아무도 알지 못한다고 하셨잖아요."

"이번 기수에 들어온 수련생 중에 안드로이드가 숨어들어왔어. 이름이 제롬이란 놈인데, 내가 감당하지 못할 정도로 강한 놈이었다."

준서는 제롬을 금방 기억해냈다.

밝은 금발 머리에 말 수가 적고, 군사 학교에 적응할 수 있을까? 싶을 정도로 여리게 생긴 아이였다.

"기억나요. 그런데 그 아이가 그렇게 강했어요?"

"연맹의 기술력은 한층 더 발전한 것 같다. 생김새는 인간과 구분할 수 없고, 전투 능력은 TK—100을 능가하더구나. 진화된 거지."

"누가 이런 짓을 했죠?"

"카길사의 동아시아 지부장 로버트란 자다. 마운틴—K 전투에서 진압군을 지휘했던 놈이지."

그렇다면 아케론의 형을 직·간접적으로 죽게 만든 장본인일 것이었다. 그 때문인지 그 이름을 언급하는 아케론의 표정은 좋질 않았다. 준서는 그의 기분을 헤아려 말을 돌렸다.

"루치우스 사제님은요?"

"루치우스 사제님은 무사하셔. 지금은 안전한 곳에서 성물을 지키고 계신다. 그곳의 공간 좌표는 나중에 알려 주마."

"그나마 다행이네요."

"따라오너라. 앞으로 네가 사용할 무기를 정해 주마."

"무기요?"

*　　　*　　　*

아케론은 서재에서 나와 별채 뒤편 창고로 갔다.

병기창(兵器廠)이었다.

창고에는 각종 무기들이 쌓여 있었다. 길이가 짧은 검에서부터 긴 검, 두께가 얇은 검에서부터 두꺼운 검, 너비가 좁은 검에서부터 넓은 검이 가지런히 정렬되어 있었고 그 외에도 창, 투척 무기 등이 종류별로 세워져 있었다.

아케론이 물었다.

"군사 학교에서 원홀샷 판정을 받았었지?"

원홀샷(one hole shot).

열 발을 쏘았을 때 표적지에 한 개의 구멍만 남는다는 뜻으로, 명사수에게 붙여지는 속어다.

"예."

"사격에 재능이 있더구나."

"……."

"그러나 앞으로 너의 주 무기는 검이 될 것이다."

"안드로이드하고 싸우는데 검을 써요?"

아케론은 엷은 미소를 지었다.

"왜, 이상해?"

아케론은 바스터드 소드 같은 양손 검인 군도(軍刀)를 집어 들었다. 검신의 길이만 1미터 20센티미터 정도 되었고, 날의 폭이 20센티미터가 넘어 그 중량감은 정말 어마어마했다.

"받아라."

휙 던져주는 군도를 준서는 엉겁결에 양손으로 받았다.

훈련을 통해 근육량이 늘어나서 그런지 그다지 무겁게 느껴지진 않았다.

그러나 역시 둔중한 감은 있었다.

"그 군도는 '세인트의 심장'이란 이름을 가진 명검이다. 특수 재질로 만든 것이라 어떤 종류의 금속이든 베거나 부서뜨릴 수 있다. 도마뱀 인간 정도의 하위 레벨 안드로이드는 일격에 박살 낼 수도 있고, 연맹의 주력인 TK―100하고도 맞설 수 있다."

"그런데 왜 검을 사용해요?"

아케론은 거치된 병장기를 매만지며 설명해 주었다.

"연맹의 군사 기술은 우리가 따라갈 수 없다. 특히 막대한 자본력이 필요한 안드로이드 쪽은 더욱 그러하지. 그러나 하늘은 도운 건지. 마운틴―K 전투에서 패하고 속절없이 밀리던 반군은 은신처로 사용하던 폐광에서 특수한 금속을 발견하게 된다. 다이아몬드도 자를 수 있는 강도의 새로운 금속이었어. 이 도검들이 그 금속으로 만든 것이다. 도검은 근접 전투에서 유리했지. 이것이 그나마 대등하게 싸울 수 있었던 이유다."

준서는 고개를 주억거렸다.

"그랬군요."

"이러한 장점 때문에 연맹의 상위 레벨 안드로이드 또한 검을 사용한다. 따라서 네가 군도를 사용하는 건 당연한 일이겠지."

"머신 건이나 레일 건 같은 것들은 어떻게 상대해요?"

"그런 직선 화기들하고 싸울 때엔 타임 컨트롤을 사용한다. 즉, 발사하기 전에 몇 초전으로 돌아가 상대를 먼저 베어 버리는 거지. 물론, 도마뱀 인간 같은 하위 안드로이드는 그럴 필요도 없지만."

"상대도 타임 컨트롤을 사용하나요?"

"상위 레벨의 안드로이드들은 사용한다."

"그렇다면 승패를 좌우하는 요인은요?"

"숙련과 감각의 차이가 승패를 결정한다. 물론, 천부적 재능을 타고난 전사들은 그런 차원을 아예 넘어서지만."

"……."

준서는 군도를 양손으로 쥐어 보았다. 손에 착 감기는 것이 그립감이 좋았다.

"자, 시작해 볼까?"

"당장요?"

검술 훈련은 꽤나 힘들었다.

군사 학교에서 기초적인 것을 배웠지만, 그것은 말 그대로 기초일 뿐이었다. 아케론이 가르쳐 주는 것은 최고의 수준이었다. 찌르기나 베기는커녕 처음에는 스텝을 따라가기에도 벅찼다.

타임 컨트롤을 사용하면서 검을 쓴다는 게 쉽지 않았다.

상대가 움직이는 상태라면 더욱 그랬다.

공격 목표가 시간과 공간에 따라 달라지기 때문이었다.

아케론에게 배우는 검술은 찌르거나 베는 단순한 기술이 아니라, 궁극적으로 시간과 공간을 자유자재로 사용할 수 있는 신법이 중점이었다.

그러기를 어느덧 세 시간.

지쳤다.

준서는 검은 잿물이 흘러나오는 분수대 옆에 벌러덩 드러누워 가쁜 숨을 골랐다.

"하아, 하아."

아마도 일상의 시간은 멎어 있을 것이었다.

아케론이 옆에 와서 앉았다.

"지쳤냐?"

"예."

"젊은 녀석이."

"젊어도 지쳐요. 사람이면."

"하하."

문득 그런 의문이 들었다.

두 개의 공간이 생겨 버리면 인과율에 모순이 발생하는 거 아닌가?

"있잖아요. 어떤 사건을 막아 사람을 구하면 그 사람들은 다른 평면에서 살게 되는 거죠? 병실에서 봤던 것처럼."

아케론은 고개를 끄덕였다.

"그렇지."

"제가 엄마를 구해도 같이 살 수는 없는 거죠?"

"둘 중 하나를 택해야겠지. A평면이든, B평면이든."

"그러면 과거의 사고를 막아도 미래의 인구는 증가하지 않아야 이론적으로 맞는 거 아니에요? 아예 또 다른 공간이 생겨 버린다면, 결국 인과율엔 아무 영향을 미치지 않는 거잖아요."

"맞아. 하지만 시간의 끈으로 연결된 공간은 인과율의 법칙이 적용된다. 놈들은 현재를 그렇게 묶어 두었어."

"시간의 끈이요?"

"비행기로 비유하자면, 과거에서 미래로 연결되는 직항노선 같은 거야. 그래야 인과율이 적용될 테니까."

"다른 공간으로 분산되지 않게요?"

"그렇지. 하지만 그 때문에 놈들은 역공을 당할 여지를 남겨두었어. 즉, 사고를 막으면 놈들의 의도와는 정반대로 인구가 폭발하게 되지. 시간의 끈이 연결되어 있으니까. 네가 한남동 사고를 막았으니 놈들은 적지 않은 혼란에 빠졌을 거야. 지금 원인을 규명하느라고 인과율 조정 위원회는 동분서주하고 있을 거다."

"원인을 알게 되면요?"

"우리를 제거하려고 수단과 방법을 가리지 않겠지."

"더욱 강한 안드로이드를 보내겠죠?"

"아마 그럴 거다."

"그렇군요."

준서는 백팩 주머니에 손을 넣었다. 고이 접어둔 종이 한 장을 꺼냈다.

"아참, 이거요. 잊어버렸어요."

준서가 아케론에게 건넨 것은 반군 병사 테오가 남긴 일기였다. 일기를 다 읽은 아케론의 눈가에는 회한 같은 것이 서렸다.

"마운틴—K 전투를 봤니?"

"현장 학습 갔었어요."

"이 일기를 쓴 사람은 내 형이다. 형은 화가가 꿈이었지. 어느 날 전쟁이 발발했고, 형은 학생의 신분으로 참전하게 되었어. 그때가…… 내가 열 살 때의 일인가? 그래, 그때쯤인 거 같아. 유난히 추운 겨울이라 얼어 죽는 사람들이 태반이었던."

"그 뒤로 반군에 들어가신 거예요?"

아케론은 힘없이 고개를 끄덕였다. 평소의 그답지 않게. 준서는 조심스럽게 위로를 건넸다.

"안됐어요. 형 일은……."

"오늘은 여기까지 하자. 매일 한 번씩 들르렴."

"매일이요?"

"말했잖아. 내가 여기 머물 수 있는 시간이 많이 남아 있지 않다고. 그러니 매일같이 연습해야 한다. 내가 남아 있는 동안은."

어디로 가려는 걸까.

내가 엄마를 구하고 싶어 하듯, 그도 형을 구하러 가려는 것일까?

"혹시 형을 구하러 가실 거예요?"

아케론이 뒷짐을 쥐더니 잿빛 하늘을 올려다보았다. 그 모습은 무척이나 쓸쓸하게 보였다.

"형을 구하진 못해. 그렇게 하면 마운틴—K 전투 자체가 왜곡되거든."

"그럼 안 될 이유가 있어요?"

"그 싸움이 벌어지는 동안 반군 지도부가 탈출할 수 있었다."

"반군 지도부의 탈출을 위해 학생들을 희생시켰다는 말인가요?"

"그렇지. 그래서 형을 구할 수 없는 거다. 만약 형을 구한다면, 그 시공간이 왜곡되어 반군 지도부의 탈출 또한 물거품이 되어 버리니까. 마운틴—K의 학생 병사들은 그렇게 죽어 줘야 하는 거지. 대의를 위해선 기꺼이 한목숨 희생할 수 있는 것, 그것이 전사의 삶이다. 형이 전사는 아니었지만 그 죽음에 대한 의미는 그렇게 두고 싶구나."

"충분해요. 그럴 자격."

"아까 어딜 가냐고 물었지?"

"예."

"형을 구할 순 없어도 복수는 해야 하지 않을까?"

"그 로버트란 작자한테 복수하게요?"

아케론은 주머니에서 총알 한 개를 꺼냈다. 총알에는 '세인트의 심장'이란 글자가 새겨져 있었다. 내가 받은 군도와 똑같은 이름이었다. 아마도 저 총알 역시 동일한 금속으로 만들어진 모양이었다. 아케론은 총알을 보며 단호한 음성으로 말했다.

"그놈의 머리통에 이 총알을 박아줄 거다."

그리 말한 다음 아케론이 준서의 어깨를 잡았다.

"내가 돌아오지 못하면 너는 루치우스 님을 도와 끝까지 싸워 다오."

불안하게 왜 이런 말을 하는 걸까.

준서는 그의 부탁을 무시했다.

"그냥 돌아오세요. 살아서."

＊　　　＊　　　＊

현재로 돌아온 준서는 옥수동으로 가는 버스에 몸을 실었다.

밖에는 저녁 풍경이 느리게 흘렀다.

유리창에 비치는 버스 안의 모습과 유리창 너머로 보이는 풍경이 겹쳐졌다.

준서는 손가락으로 유리창에 낀 먼지를 문질렀다.

그러자 창밖이 좀 더 깨끗하게 보였다.

아득히 먼 하늘엔 노을이 아차산 자락에 걸려 구름의 형체가 아직 남아 있었다.

버스 안은 그리 밝지 않았다.

'이렇게 아름다운 저녁 풍경을 이젠 볼 수 없는 걸까?'

눈에 보이는 모든 것들이 사라지거나 폐허가 될지도 모른다는 생각을 하자, 마음이 갑자기 허전하고 쓸쓸해졌다.

띠리리.

주머니 속의 스마트폰이 부르르 떨었다.

신우였다.

[어디야?]

"버스 안. 집으로 가는 길이야."

[무슨 잘못을 했다고 데려간 거래? 아빠가 소속하고 이름만 알아 오래. 당장 조치한다고.]

"아니야. 별일 없었어. 그냥 소풍 날 있었던 일만 몇 가지 물어보고 말았어."

[그럼 금방 끝났을 거 아냐. 어디로 샌 거 아냐? 옆에 다른 여자애 있는 거 아냐?]

"너도 참. 끊어 봐. 영상 통화로 걸게."

[헉. 아, 안 돼.]

"왜?"

[……]

"당황하긴. 이상한 건 넌데? 미진이랑 노래방 갔어?"

[……아니.]

"그런데 왜 안 돼?"

[방금 샤워하고 나와서 알몸이란 말이야. 그토록 내 알몸이 보고 싶어?]

"아, 아니야. 그런데 뭐 해?"

[지금 창가에 앉아 음악 듣는 중. 아, 좋다. 이럴 때 맥주 한 캔 해야 하는데.]

"나도 듣고 싶다."

[내가 불러줄까?]

"응."

신우가 몇 번 목을 가다듬었다.

[음, 음. 부를게.]

이어 스마트폰 스피커에선 신우의 노랫소리가 흘러나왔다.

　　일부러 그랬는지, 잊어버렸는지, 가방 안 깊숙이 넣어 두었다
가. 헤어지려고 할 때, 그제야, 네게 주려고 쓴 편질 꺼냈네.

준서는 가볍게 눈을 감고 신우의 노래를 들었다.

언제 들어도 가사가 예쁜 노래. 유재하의 '우울한 편지'였다.

신우의 기교 없는 청아한 목소리와 보사노바 리듬 탓에 몸이 나른해
졌다.

준서도 속으로 따라 불렀다.

'집으로 돌아와서, 천천히 펴 보니, 예쁜 종이 위에, 써내려 간 글씨.
한 줄 한 줄 또 한 줄, 새기면서, 나의 거짓 없는 맘을 띄웠네.'

신우는 요즘 여자애들 같지 않게 옛날 가수와 노래를 좋아했다. 들국
화, 김현식, 이문세, 조동진, 김광석 등등. 아빠의 영향이라고 했다. 예
전에는 옛날 노래만 듣는 어른들이 구닥다리 같은 느낌이 들었는데 이
제는 조금 그들을 이해할 수 있었다.

어른들도 추억할 청춘의 시간대가 있는 거겠지.

처음 유재하의 노래를 소개받았을 때, '이 사람은 젊은 나이에 이런
좋은 곡을 썼는데, 나는 뭐하는 놈일까?' 라고 자책을 한 적이 있었다.
그만큼 그의 노래가 좋았던 것이다.

[어때?]

"기분이 좋아졌어."

[지금 용비교 쪽으로 노을지는데 너무 예쁜 거 알아?]

"어. 나도 보고 있어."

[퐁네프다리 건너는 거야?]

퐁네프다리의 정식 명칭은 청호대교였다. 다리의 외관과 조명이 아름다워 언제부터인가 사람들은 청호대교를 퐁네프다리라고 불렀다.

"조금 있으면."

[와아. 저 다리 위로 내 서방이 곧 지나갈 거네? 신기하다. 여기서 보이거든. 두 정거장만 지나서 내리는 게 어때?]

"그럴까? 잠깐 볼까?"

[응.]

"알았어. 이따 내려서 전화할게."

[꼭!]

통화를 끝내고 스마트폰을 바지 주머니에 집어넣으려 할 때였다. 바로 옆에 여섯 살 정도로 보이는 여자아이가 서 있었다.

"오빠. 이거 흘렸어요."

여자아이가 내민 것은 Lz—129 힌덴부르크 비행선과 블랙 코트 요원의 사진이었다. 가방 지퍼가 열려 빠진 모양이었다. 준서는 활짝 웃어주며 고맙다는 인사를 했다.

"아, 그렇구나. 고마워."

"오빠."

"응?"

여자아이가 사진 속의 블랙 코트 요원을 손가락으로 가리켰다.

"나, 이 아저씨 봤어요."

준서는 깜짝 놀라 물었다.

"어디서?"

"저기 타고 있잖아요."

"뭐? 이 버스에 타고 있다고?"

블랙 코트 요원이 타고 있다는 건 이 버스가 사고가 날 것이란 말이 아닌가.

머리카락이 쭈뼛 서며 갑자기 심장의 박동이 빨라지기 시작했다.

"네."

"어디?"

"저기요."

여자아이가 가리킨 곳은 운전석 바로 뒷자리였다.

Chapter 6
엄마도 사랑해, 우리 딸

검정색 트렌치코트, 짧은 올백 머리, 약간 마른 체형에 큰 키, 무표정한 얼굴. 운전석 뒷자리에 앉아 있는 남자는 분명 블랙 코트 요원이었다.

저자의 출현에는 분명 어떤 의미가 있었다.

타고 있는 버스가 사고를 당한다거나 근처에서 어떤 사고가 발생한다는 것.

준서는 재빨리 팔찌를 타임 테이블 모드로 바꾸고, 터치 패드에 사고 일자를 내일로 입력하여 기사를 찾았다.

사고 관련 기사는 곧바로 액정 화면에 떴다.

서울의 퐁네프다리라고 불리는 청호대교가 붕괴하는 사고가 일어났습

니다. 강북에서 10-11번째 교각 사이, 경간 중앙 부분 상부 트러스가 붕괴되며 다리 위를 달리던 차량 12대가 48미터 아래 강물로 추락하였습니다. 이 사고로 62명이 사망하고, 39명이 부상을 당했습니다. 사망자 중에는 수업을 마치고 귀가하던 여중생들도 포함되어 있어 사람들의 마음을 더욱 안타깝게 하고 있습니다. 특히 희생자 전소미 양의 책가방 안에서 발견된 편지에는 엄마를 향한 애절한 마음이 적혀 있어 눈물을 감출 수 없게 합니다…… 이하 편지 전문(全文).

최철웅 기자. oil painter@naver-com [인터넷 매일 뉴스]

시간을 확인했다. 지금으로부터 정확히 30분 후. 화가 머리끝까지 치솟았다.

'나쁜 놈들. 어떻게 이런 짓을.'

준서는 버스 안을 둘러보았다.

사람들, 너무도 평범한 사람들. 하루하루 열심히 살아가는 이 평범한 사람들은 30분 후에 자신들에게 닥칠 운명을 모르고 있었다. 이 사람들 중 누군가는 사망자 62명 안에 포함될 것이다.

분노와 함께 의문이 인다.

이 사람들이 왜 죽어야 하지? 아무런 잘못도 없이.

반대편 좌석에는 중학교 2학년이나 3학년쯤 된 듯한 귀엽게 보이는 여학생이 가방을 가볍게 안고 창밖을 보고 있었다. 앉아 있는 여학생의 명찰이 눈에 들어왔다.

전소미.

"……!"

엄마도 사랑해, 우리 딸 171

사고 기사에 난 여학생?

분명하다. 명찰은 거짓말을 하지 않을 테니. 이렇게 버젓이 살아 있는 여학생이 30분 후에 죽게 된다는 것은 상상할 수 없다. 여전히 믿기지 않는다. 사고 관련 기사에 의하면, 저 가방 안에는 엄마에게 보내는 편지가 들어 있을 것이다.

준서는 사고 관련 기사를 열어 거기에 적힌 편지 전문을 읽었다.

엄마, 아침부터 짜증 내고 나와서 미안해요. 시험 때문에 예민해져 있었나 봐요. 우리 집 형편 잘 알면서 비싼 특목고 학원에 보내 달라고 했어요. 죄송해요. 저 특목고 가지 않아도 돼요. 다신 안 그럴게요. 이제 엄마 가슴 아프지 않게 할게요. 사랑해요.

착한 딸 소미가.

이대로라면 소미는 집에 가지 못한다.

제길, 저 여학생이 왜 죽어야 하지?

잠도 제대로 못 자고 공부한 죄? 아침밥도 못 먹고 학교에 다니는 죄? 그래. 그렇다고 치자. 그게 그렇게 죽을죄인가? 더러운 식량 마피아들. 울컥하는 마음과 함께 가슴에서 뜨거운 것이 치밀어 올랐다.

'무조건 막아야 한다. 아니, 니들 계획은 내가 막는다.'

준서는 진지한 얼굴로 생각에 빠졌다. 블랙 코트 요원을 잡는다고 해도 이미 계획된 다리는 무너질 것이다. 빠르고 정확한 판단이 필요하다. 어떻게 해야 할까. 어떻게 해야 죄 없는 사람들을 살릴 수 있을까. 일단 버스를 멈추고 사람들을 내리게 해야 하나? 다른 차량들은, 나머지 희생자들은 어떻게 구해야 하지?

그때 머릿속에 떠오르는 건 강신철밖에 없어 그에게 전화를 걸었다.

"준서입니다."

그는 받자마자 쓸데없는 농담을 걸었다.

[어이, 친구. 벌써 내가 보고 싶어진 건가? 핫핫.]

"농담 받아줄 시간 없어요. 급하니까 할 말만 할게요. 30분 후에 청호대교가 무너질 거고, 무려 62명의 사망자가 발생할 거예요. 빨리 조치해 주세요. 저는 지금 840번 버스를 타고 있어요. 지금 영동 대교 옆을 지나가고 있고요."

순간, 강신철의 목소리에서 장난기가 쏙 빠졌다.

[확실하냐?]

"이 버스에 블랙 코트 요원이 타고 있어요."

[알았다. 일단 청호대교의 남·북단 양쪽으로 차량 통제하마. 그리고 그쪽으로 출동할 테니 놈을 잘 추적해라.]

"예."

* * *

서기 2525년. 레닌그라드.

하늘과 맞닿은 것처럼 보이는 초고층 빌딩들이 있는 스카이라인에 화려한 오로라가 떠 있다. 공기가 탁하고 먼지가 많은 탓에 빌딩 유리에 비친 오로라는 짙은 초록색이다.

스카이라운지에 있는 고급 레스토랑.

경제계의 주요 인사들이 주로 애용하는 곳이다.

이백 층에 위치한 전망이 가장 좋은 S 룸에는 백인 둘과 동양인 한 명이 저녁 시간을 즐기고 있었다. 뚱뚱한 백인은 카길사의 동아시아 지사장 로버트였고, 카우보이모자를 쓴 백인은 제7곡창지대 농장주 샘 케인, 동양인은 상하이 시장 마이클 왕이었다.

뚱보 로버트가 나이프를 쥐며 물었다.

"시간이 얼마나 있지?"

옆이 깊게 트인 치파오(旗袍)를 입은 서빙 안드로이드가 웃으며 대답했다.

"시위 때문에 오리엔탈 익스프레스가 연착이랍니다. 출발이 좀 늦어질 것 같습니다."

뚱보 로버트는 튼실한 어깨를 들어 보였다.

"그놈의 시위. 지긋지긋하군. 달라질 건 하나도 없는데 왜 저 난리인지. 그리고 보면 참 멍청한 놈들이야. 그나마 개 사료라도 주는 대로 먹을 것이지, 굶어 죽을 생각인가?"

"하하하."

샘 케인은 크게 웃었지만 마이클 왕은 초조한 표정으로 입술만 씰룩였다.

"시간을 벌었으니 편하게 먹자고."

"예."

간단한 전채 요리가 끝나자, 메인 요리인 장어구이가 나왔다.

샘 케인이 물었다.

"이게 뭐죠?"

"자네 장어구이 처음 보나?"

"예."

"이놈이 치어 한 마리에 천만 원짜리인 풍천장어일세. 성어(成魚)가 되면 1억을 호가하지."

"이렇게 귀한 음식을. 감사합니다."

식사를 즐기는 동안 뚱보 로버트는 제7곡창지대의 근황을 물었다.

"어떤가. 올해 작황은."

"이번에 개발한 인공 햇볕 덕분에 20퍼센트 초과 달성할 것 같습니다. 풍작입니다. 하하."

"그래? 수고했구먼. 질이 좋은 것만 골라내고 나머지는 폐기하게."

샘 케인의 눈이 동그래졌다.

"예? 수확량의 20퍼센트면…… 오천만 명을 먹일 수 있는 물량입니다만."

"그 물량이 시중에 풀리면 어떻게 되겠나. 당연히 실물 가격이 하락하겠지. 그러면 안 되잖아. 가격 유지는 장사의 생명인데."

"그렇다고 어떻게 곡물을."

"쯧쯧. 순진하긴. 굶어 죽는 놈들이 많아야 식량 귀한 줄을 알지. 그래야 가격이 유지되는 것이고, 그래야 또 지배가 계속되고. 이것이 정치일세."

"아, 예."

"전통적인 수법일세. 그 옛날, 우리의 선조들은 아프리카 기아 난민들이 천만 명씩 굶어 죽어도 절대 지원하지 않았어. 오히려 여분의 곡물

들을 태평양에 처넣었지. 그 현명함에 감탄할 뿐일세."

"알겠습니다."

그때, 눈치만 보고 있던 마이클 왕이 조심스레 입을 열었다.

"지사장님. 상해에 식량이 많이 부족합니다. 이런 말씀드리긴 죄송하지만, 이번에 초과 수확량을 저희에게 불하해 주시면 고맙겠습니다."

뚱보 로버트는 짜증 나는 듯 얼굴을 찡그렸다.

"상해는 항상 식량이 부족하다고 말해 왔지. 중국인 핏줄은 번식력만 보면 꼭 쥐새끼들 같아. 그러니 부족할 수밖에. 산아 제한은 안 하는 건가?"

"하고 있습니다만. 그게 잘⋯⋯."

급기야 뚱보 로버트는 버럭 화내며 고함을 쳤다.

"이것 봐, 왕 시장. 당신은 성격이 물러 터져서 그래. 법을 어긴 놈들은 감옥에 보내 밥 축내지 말고, 도시 밖으로 강제로 쫓아내란 말이야. 아니면, 가짜 폭동이라도 일으켜 그 빌미로 몇만 명쯤 죽이든가. 알았나!"

"⋯⋯."

뚱보 로버트가 화를 가라앉히며 조건을 걸었다.

"시민권 5퍼센트를 본사에 넘겨. 그럼, 지원을 해 줄 테니."

마이클 왕은 마지못해 그 조건을 수락했다.

"그렇게 하겠습니다."

"샘. 남는 물량을 상해에 넘겨주게."

"예. 지사장님."

"밥맛 떨어졌어. 꼴도 보기 싫으니 나가."

"예."

마이클 왕이 사색이 되어 막 나갔을 때였다. 뚱보 로버트의 수석 비서관이 황급히 들어와 보고를 했다.

"좋지 않은 소식입니다. 재난 프로젝트 하나가 실패했다는군요."

"왜?"

"글쎄요. 저도 처음 겪는 일이라······."

"처음이 아니라 두 번째지. 얼마 전에 스쿨버스 하나도 실패했다면서."

"아, 예. 그건 워낙 작은 사건이라."

"연도하고 지역은?"

"2013년 한국입니다."

"둘 다?"

"예. 하지만, 다른 사고로 긴급히 대체했답니다."

"뭔데?"

"한강을 잇는 대교를 무너뜨릴 계획이랍니다."

"재난 프로젝트 두 개가 실패하면 인구가 얼마나 증가하는지 시뮬레이션해 봤나?"

"예. 1억 명입니다."

"1억 명이면 심각한 상황이 벌어지는데······ 알았어. 테러 1과에 전화해서 확실히 처리하도록 해."

"알겠습니다."

수석 비서관이 나가자 뚱보 로버트가 페르시안 고양이를 손가락으로 불렀다. 그리고 미스터 왕이 먹지 못한 메인 요리를 고양이에게 주었다.

"먹어라, 귀염둥이야. 저 눈 찢어진 놈은 이런 고급 요리를 먹을 자격이 없다."

야옹.

뚱보 로버트가 손에 든 나이프로 마천루(摩天樓) 아래를 가리켰다.

"저 땅 아래에 사는 인간은 고양이 사료를 먹고, 고양이는 1억 원짜리 장어를 먹고. 아이러니하지 않나. 샘?"

"글쎄요. 가치의 문제 아닐까요?"

"맞아. 가치, 그게 권력이거든. 그래서 이게 공평한 대우지. 개나 고양이만도 못한 인간들에겐 사료도 아까워."

갑자기 무슨 생각이 떠올랐는지 뚱보 로버트가 서빙 안드로이드를 향해 손가락을 튕겼다.

"테러 1과 연결해."

"네. 지사장님."

명령을 받은 서빙 안드로이드가 지퍼를 열어 어깨에 있는 버튼을 눌렀다. 곧 그녀의 얼굴이 평평하게 펼쳐지더니 사각 액정 화면으로 변했다. 화면에 콧수염의 사내가 모습을 드러냈다.

"테러 1과의 콜린입니다."

"2013년 한국에 문제가 발생했다던데."

"별것 아닙니다. 다른 사고로 대체하여 인과율을 조정했습니다."

"아케론, 그놈이 어디로 갔지? 한국 아니던가?"

"한국은 맞습니다만, 1994년도입니다. 2013년까지 머무를 이유가 없으니 걱정하지 마십시오."

"지금 어디에 있나."

"중간계에 숨어 있을 겁니다. 현재 추적 중입니다."

"알겠네. 그래도 2013년을 주의 깊게 지켜봐."

"예, 지사장님."

지―잉. 철컥.

대화가 끝나자 화면이 꺼지며 서빙 안드로이드의 얼굴이 원상태로 돌아왔다. 그녀가 예쁜 미소를 지으며 말했다.

"또 무엇을 원하십니까?"

*　　*　　*

화가 난 준서는 앞좌석으로 걸어갔다.

블랙 코트 요원은 조종기를 손에 들고 뭔가에 열중하고 있었다. 폭파 장치를 점검하거나, 아니면 상부에 보고를 하는 중이리라.

"개자식!"

퍽.

준서는 다짜고짜 놈의 뒤통수를 발바닥으로 찼다. 시선을 끌기 위해서였다. 버스 안은 당장에 술렁거렸다. 사람들의 눈에는 교복을 입은 학생 놈이 버릇없이 어른에게 폭력을 행사한 것으로 보일 것이었다.

놈이 깜짝 놀라 돌아보았다.

"이봐, 학생. 왜 이래?"

"그 표정은 뭐야. 마치 아프기라도 한 것처럼. 연기하냐?"

"……."

"고통을 느끼는 척하긴. 기계 따위가."

"너, 누구냐."

"12사제단에서 보낸 놈이다."

와장창.

12사제단이란 말을 듣자마자 블랙 코트 요원이 갑자기 버스 앞 유리창을 깨고 도망치기 시작했다. 준서는 재빨리 팔찌의 터치 패드를 열어 녹색 버튼에 박힌 하얀 글자 'S'를 눌렀다. 팔찌는 S(street, 街頭)—스캔 모드로 변환되어 블랙 코트 요원이 도망치는 경로를 추적하기 시작했다.

미래의 기술력은 놀라웠다.

한 번 렌즈에 잡힌 피사체는 길거리 어느 방향, 어느 각도에서든, 그 움직임을 찾아 화면에 보여 주었다. 도망치던 블랙 코트 요원이 사람이 없는 으슥한 곳에서 멈췄다.

한강 둔치 쪽이었다.

왜 멈춰 섰지? 일부러 도망치지 않는 건가?

준서는 버스 안의 여학생을 생각하며 낮게 읊조렸다.

"거기서 기다려라. 그 여학생이 죽게 내버려 두진 않을 테니."

블랙 코트 요원이 총을 소지하고 있다는 사실을 알아차린 준서는 조심스럽게 쫓아갔다. 벽에 그라피티(graffiti, 거리 예술)가 그려진 터널을 지날 때 강신철로부터 전화가 걸려왔다.

[양 방향 통제했다. 멸치 대가리가 압구정동 한강 둔치로 도망쳤냐?]

"나 추적 중이에요?"

[당연히 지켜보고 있지. 둔치로 들어가는 통로가 여러 개 있는데, 그

라피티가 그려진 터널 오른쪽 아냐?]

"맞아요."

[오케이. 10초 내로 간다.]

상황이 좋지 않다. 블랙 코트 요원이 폐쇄 공간을 만들어 전투형 안드로이드를 소환할 것이기 때문이다.

"오지 마세요. 위험해요."

준서가 만류했지만 강신철은 막무가내였다.

[장난하냐? 위험한 건 너야 인마! 내가 갈 때까지 가만히 있어.]

툭.

준서는 종료 버튼을 눌렀다.

블랙 코트 요원은 자전거 도로에서 한참 벗어난 으슥한 곳에 서 있었다.

안 숨었어? 도망친 게 아니라 이곳으로 유인할 작정이었던 듯싶었다. 준서가 다가가자 그가 기다렸다는 듯 권총을 빼 들었다.

"우리 계획을 막을 수 있다고 생각하나?"

준서는 짧게 대답했다.

"어."

"흥! 무지한 과거인."

"그래도 인간이거든? 니들 같은 고철 덩어리는 인간에 대한 예의를 지킬 필요가 있어."

"인간? 이런 총알로도 죽는 게 나약한 인간의 본모습 아닌가?"

"탄환의 속도를 무조건 믿는 거야?"

블랙 코트 요원의 고개가 한쪽으로 기울었다.

"총을 겁내지 않는다는 건…… 설마 타임 컨트롤을?"

그때였다. 강신철이 교각 뒤에서 38구경의 총구를 블랙 코트 요원에게 겨냥하며 외쳤다.

"총 내려놔!"

쯧. 오지 말라니까.

블랙 코트 요원은 그를 힐끔 쳐다본 후, 다시 준서 쪽으로 고개를 돌렸다. 준서가 말했다.

"한남동 사거리 건이 인과율에 영향을 미친 모양이군. 이렇게 급하게 사고를 만든 걸 보니."

"12사제단이 보냈다고 했지?"

"그랬지. 니들의 뻘짓을 막으라고."

"인간 주제에."

블랙 코트 요원이 권총을 준서에게 겨누었다.

탕.

한 발의 총성이 울리더니 블랙 코트 요원이 겨누었던 총을 떨어뜨렸다. 총을 쏜 건 강신철이었다. 그는 총구를 블랙 코트 요원에게 겨냥한 채 터널의 교각 뒤에서 모습을 드러냈다.

"이 멸치 대가리가 여기가 미국인 줄 아나. 서울 한복판에서 총을 꺼내 들고 지랄이야."

"왜 왔어요? 위험하다니깐."

"오면 안 돼?"

"안 돼요."

강신철은 틈만 나면 너스레를 떨었다.

"핫핫. 너 내가 누군 줄 모르는구나? 내가 인마, 조폭 백 명하고도 맞짱 뜬 사람이야."

"그런 수준이 아니에요."

"그럼?"

그때였다. 블랙 코트가 조종 장치를 조작한 모양이었다.

주변의 색이 천천히 회색 톤으로 바뀌었다. 하지만 밤이라 그런지 큰 차이는 느낄 수 없었다. 멀리 남산N타워의 불빛, 어두운 강물 위에 떠 있는 바지선(barge船)의 등불, 선상 카페의 조명 등이 점점 느릿하게 흘렀다.

"폐쇄 공간이에요."

"그게 뭔데?"

"아저씨의 시간은 멈출 거예요."

"아닌데?"

정말이었다. 강신철이 문제였다. 자칫 죽을 수 있는 상황. 그런데 이상했다. 이미 폐쇄 공간 안에 들어온 탓인지 그의 시간이 멈추질 않았던 것이다.

"……"

그때, 무언가가 차원의 벽을 찢으며 나타났다.

크르르.

그것은 지옥의 사냥개 헬 하운드의 모습을 한 괴물이었다. 칠흑의 어둠과 같은 털, 지옥의 불꽃처럼 새빨갛게 불타는 눈, 불을 뿜는 입에서는 지독한 유황 냄새가 났다.

물론 진짜 괴물은 아니고 괴물의 모습을 한 전투형 안드로이드였지만, 보기엔 정말로 흉측했다.

헬 하운드를 본 강신철이 화들짝 놀라며 뒤로 물러섰다.

"아, 깜짝이야. 졸라 무섭게 생긴 이 개새끼들은 뭐냐."

"말했잖아요. 위험하다고."

"괴, 괴물이냐?"

"안드로이드예요."

"이, 이것들도 물어?"

"뼈가 바스러질걸요?"

획. 획. 강신철이 38구경 권총을 헬 하운드들에게 겨누며 안절부절못했다.

"제길. 그럼 이것들을 어떻게 해야 하는데?"

"가슴 뒤쪽에 있는 파워 서플라이가 약점이에요."

"앞에서 쏘는 건 의미가 없단 말이지?"

"예."

"아놔, 돌아버리겠네. 내가 경찰대까지 나와서 개새끼들하고 싸워야 하나? 우리 엄니 알면 난리칠 텐데. 소 팔아서 경찰대 보냈더니 개 잡으러 댕긴다고."

이런 상황에서 농담을 하다니, 참 괴짜인 사람이었다.

"크아앙!"

헬 하운드 한 마리가 3미터가량 도약했다가 날카로운 발톱을 세우며 달려들었다. 강신철이 반사적으로 방아쇠를 당겼다. 탕! 정확히 이마를 맞췄으나 상대는 타격을 입지 않았다.

준서는 약간 짜증 섞인 목소리로 소리쳤다.

"바보예요? 다른 데는 백날 맞춰도 소용없다니까요!"

콰—직!

준서의 무릎이 강신철에게 달려드는 헬 하운드의 턱에 정확히 꽂혔다. 금속 이빨 몇 개가 날아갔다. 충격에 중심을 잃은 헬 하운드가 바닥에 떨어질 때, 다시 한 번 강신철의 총구가 불을 뿜었다. 이번에는 총알이 가슴 뒤편에 정확하게 박혔다. 파워 서플라이가 고장 난 헬 하운드는 움직임이 눈에 띄게 둔해지다가 털썩 주저앉고 말았다.

"봤지?"

그래 봤자 한 마리. 준서는 자전거를 묶어 놓는 쇠파이프를 집어 들었다.

"이제 정말 장난칠 시간 없어요. 물러나 있어요."

"음?"

준서는 똑바로 선 자세에서 두 손 간격을 적당히 벌렸다.

그러자 교복 상의가 부풀어 오르듯 펼쳐졌다. 몸 전체에서 발산하는 기파(氣波, 공기의 파동) 때문이었다. 그리고 손에 든 쇠파이프에서는 연한 푸른색 기운이 감돌았다.

강한 에너지에 위험이라도 감지한 모양이었다. 헬 하운드 네 마리가 동시에 준서 쪽으로 방향을 틀었다.

"흥! 기계 따위."

크르르.

팟.

협공하도록 프로그래밍되어 있는 듯, 네 마리가 동시에 달려들었다.

놈들은 허공에 발톱을 휘두르고 말았다. 목표물이 순간적으로 사라졌기 때문이었다.

카카카캉.

금속을 때리는 소리가 네 번 연속으로 났다.

준서가 공중에 솟구쳤다가 내려오며 놈들의 주둥이를 가격한 것이었다. 쇠파이프에 맞은 주둥이가 찌그러지며 부러진 이빨이 땅바닥으로 떨어졌다.

강신철은 이 광경을 멍하니 서서 지켜볼 뿐이었다.

싸움 자체가 워낙 빨랐기에 끼어들 틈도 없었을뿐더러, 준서가 쇠파이프 하나를 들고 헬 하운드와 싸우는 상황이 이해되지 않아서였다.

'저 녀석, 뭐지?'

크아앙!

고통을 느끼지 못하기에 놈들은 찌그러진 주둥이를 벌리며 무서운 기세로 달려들었다. 강신철의 눈에는 저 괴물 같은 놈들이 언제라도 준서를 찢어발길 것만 같았다. 강신철은 경고를 하며 총구를 겨누었다.

"야, 위험해!"

그때, 놀라운 일이 벌어졌다.

준서는 전혀 움직이지도 않았는데 네 마리의 헬 하운드가 땅바닥에 널브러진 것이었다.

탕. 탕. 탕. 탕.

강신철은 틈을 놓치지 않고 방아쇠를 당겼다. 날아간 총알은 정확히 가슴 뒤편에 박혀 파워 서플라이를 박살 냈다. 헬 하운드들은 움직임이 둔해졌고, 어떤 놈은 두 발만 바동거릴 뿐 아예 일어서지도 못했다.

댕그렁.

준서가 쇠파이프를 놓자 강신철이 달려왔다.

"야, 어떻게 된 거야? 뭔가 순식간에 끝났다?"

이유는 간단했다. 아케론에게 배운 타임 컨트롤을 사용하여 놈들을 먼저 제압한 것이었다. 실전에 적용시켜 보기엔 더없이 좋은 상대였다. 하지만 눈으로 보지 못한 강신철은 궁금할 수밖에. 그에게 이런저런 설명을 할 시간이 없었다.

준서는 그에게 손을 내밀었다.

"총 줘 보세요."

"안 돼, 인마. 총 뺏기면 정직 먹어."

"이 공간은 현실이 아니에요."

"현실이 아니라니. 그게 뭔 소리야?"

"재앙 프로젝트를 실행하려고 놈들이 만든 가상의 공간이란 뜻이에요."

"쉽게 말해 실제가 아니란 말이냐?"

"예."

"젠장. 뭐가 이렇게 복잡해!"

"그러니 저한테 총을 줘도 괜찮아요."

강신철이 인상을 잔뜩 찡그리며 총을 건네주었다.

"에잇, 나도 모르겠다. 가져가."

*   *   *

준서가 블랙 코트 요원에게 총을 겨누자 강신철이 불안한 표정으로 물었다.

"사람 아니냐?"

"아니에요."

"잠깐, 기다려. 확인해 보……."

탕!

준서는 강신철의 말이 끝나기 전에 방아쇠를 당겼다. 블랙 코트 요원의 목에 구멍이 나며 파란 스파크와 함께 검은 연기가 피어올랐다.

"허. 이놈도 안드로이드일세."

"비키세요."

탕. 탕. 탕.

준서는 아케론이 했던 것처럼 안구에 두 발을 쏘고, 손목 IM(identity module)에 한 발을 쐈다. 그리고 나서야 총을 돌려주었다. 강신철이 총을 받아 허리춤에 찔러 넣으며 물었다.

"왜 이렇게 하는데?"

"증거 인멸이요. 블랙 코트 요원의 안구에는 블랙박스 같은 게 있어서 영상 데이터가 남고, 손목에는 이놈을 식별할 수 있는 고유 넘버가 있어요. 블랙 코트 요원을 잡은 후에는 필히 이 두 가지를 제거해야 해요."

"그래야 우리가 노출되지 않는다?"

"예."

"와아. 신기한데?"

남산N타워의 불빛, 어두운 강물 위에 떠 있는 바지선의 등불, 선상 카페의 조명 등이 정상적으로 반짝였다.

"이제 우리 시간으로 돌아온 거예요. 빨리 다리로 올라가 사람들을 구해요."

"알았다. 가자."

*　　　*　　　*

갑작스러운 차량 통제에 압구정동 일대가 꽉 막혀 혼잡을 빚었다. 준서는 강신철과 함께 다리 쪽을 향해 서 있었다. 강바람이 시원하게 머리카락을 쓸었다.

"정말 무너지겠냐?"

"아마도요."

"아무 일도 없으면 나 좆 된다."

쿠쿠쿠.

강신철의 말이 끝나기 무섭게 땅이 크게 흔들리며 엄청난 굉음이 들려왔다. 준서는 반사적으로 다리 쪽으로 고개를 돌렸다.

상판 두 개가 떨어지는 것이 보였다.

굉음을 내며 떨어진 상판은 수면에 부딪치며 커다란 물보라를 일으켰다.

"다리가 무너졌다!"

엄청난 인파가 몰려 청호대교 진입로를 꽉 메웠다.

몇 사람은 경찰 바리케이드까지 가서 다리가 절단된 부분을 확인하기도 했다. 상판 두 개가 무너져 내린 것은 그나마 다행한 일이었다. 전체가 무너졌으면 강변도로와 올림픽대로를 다니는 차량을 덮쳤을 테고, 그것은 끔찍한 대형 사고로 이어졌을 것이었다. 사람들이 돌아오며 혀를 내둘렀다.

"다행이야. 다친 사람이 없어."

"차량을 통제하지 않았다면 대참사가 일어날 뻔했어."

어떻게 알았는지 취재진이 몰려들었다.

"여기 지휘관이 누굽니까?"

기자들이 몰려왔으니 사건을 대충 덮을 수는 없는 일.

강신철은 떨떠름한 표정으로 기자들을 향해 손을 흔들었다.

"나요."

"다리가 무너질 것을 어떻게 아셨습니까?"

그는 적당히 거짓말로 둘러댔다.

"제보를 받았습니다."

"제보자는요?"

"제보자의 신변 보장을 위해 더 이상은 말씀 못 드립니다."

"어느 기관에서 나오셨는지는 말씀해 주실 수 있습니까?"

강신철은 담배를 꺼내 물며 멋진 척을 했다.

"그냥 조국을 위해 일하는 사람이라고만 생각해 주시오."

준서는 취재진 틈을 벗어나 끊어진 다리 쪽으로 걸어가 난간에 양팔을 기대고 밤이 내린 서울의 풍경을 내려다보았다. 올림픽대로에는 차량의 불빛이 끝없이 이어지고, 도심에는 네온사인의 불빛이 휘황찬란하게 빛났다.

멋진 야경이었다.

그러나 끊어진 다리는 마치 거대한 괴물이 아가리를 벌리고 있는 듯했다. 문득, 이런 착각이 들었다. 저곳이 지옥으로 들어가는 게이트가 아닐까?

끽.

버스 한 대가 후진으로 다리에서 내려왔다. 준서가 탔던 840번 버스였다. 어? 전소미? 아까 본 여학생이 버스에서 내려 다리를 걸어오는 것이 보였다.

여학생은 통화 중이었다. 볼륨이 큰 탓에 통화 내용을 들을 수 있었다.

"엄마. 소미요."

[너 어디니? 다리가 무너졌대. 지금 텔레비전에 나와.]

"알아요. 여기 다리 위예요."

[괜찮니?]

"네. 저 괜찮아요."

[어서 오렴. 엄마가 어떻게 해서든 학원비는 마련해 줄게.]

"엄마. 할 말이 있어요. 아침에 짜증 내서 미안해요. 다신 안 그럴게요. 그리고 사랑해요."

[엄마도 사랑해. 우리 딸.]

통화 내용을 듣고 나니 가슴이 뭉클해지는 기분이었다.

내가 살린 건가? 그렇게 생각하니 뿌듯한 느낌도 있었다. 내일 날짜 기사는 과연 어떻게 될까. 준서는 아까 켜 놓았던 기사를 다시 열어 보았다. 놀라웠다. 기사의 글자가 액정 화면에서 부서지듯 점점이 사라지는 것이었다.

공간 하나가 사라지는 건가?

그때, 생각지도 못하게 아빠한테 전화가 왔다.

[야. 다리 무너졌다며? 너 봤냐?]

"어."

[대박. 완전 죽여 준다. 하하. 어떻게 다리가 무너질 수 있지? 내가 그걸 봤어야 하는데. 아깝다.]

아빠는 이 상황에서 웃음이 나오나?

"아들 걱정 안 해?"

[동영상 안 찍어 놨냐?]

"아, 끊어."

[아들, 잠깐만.]

"왜?"

[괜찮은 거지?]

"어."

[알았어. 이따 보자.]

아빠는 늘 이런 식이다. 빙빙 돌리거나 장난을 치거나.

그렇지만 서운하지는 않다. 가슴속 깊은 곳에 감춰둔 진심을 보았기에. 그 속내는 여느 아빠와 다르지 않다. 다만 표현 방식이 다를 뿐인 거지. 그래서 서운하지 않다.

고개를 들어 밤하늘을 올려다보았다.

도시의 불빛이 밝은 탓에 별은 희미하게 보였다.

그 별빛 너머 우주 깊은 곳으로 시선을 돌렸다. 저 우주 깊은 곳에 서기 2525년이 있을 것만 같았다.

준서는 먼 밤하늘을 향해 고함을 쳤다.

"보고 있나? 내가 막아내는 걸 봤냐고! 그래서 거긴 어떻게 되었지? 갑자기 인구가 폭발했겠지? 어쩌면 폭동이 일어났을 수도 있을 거야. 그지? 지금 니들이 무슨 생각을 하든, 그거 하지 마라. 경고다."

*　　　*　　　*

한강 둔치에 검정 양복을 입은 두 남자가 모습을 드러냈다.

두 남자의 생김새는 똑같았다. 왼쪽의 남자는 재난 프로젝트를 통솔, 관리하는 팀장 케빈이었고, 오른쪽 남자는 블랙 코트 요원에게 임무를 배정하는 퀸튼이었다.

퀸튼이 준서가 헬 하운드와 싸움을 벌였던 장소를 가리켰다.

"위치가 여기서 끊겼습니다."

"공간을 확인해 봐."

"폐쇄 공간 No—148입니다."

"복구할 수 있겠나?"

"가능할 것 같습니다."

지시를 받은 퀸튼이 조작기를 꺼내 공간 리커버리 모드를 발동시켰다. 폐쇄 공간이 복원되자 잔디밭에는 파괴된 블랙 코트 요원과 헬 하운드의 잔해가 드러났다. 잔해는 자갈과 부러진 나뭇가지에 함께 섞여 있었다.

케빈이 화가 난 목소리로 물었다.

"우리의 계획을 방해하는 자가 있다. 누구지?"

"반군 놈들일 겁니다."

"꽤 먼 시간인데…… 여기까지?"

"아케론이 94년도까지 왔던 적이 있으니까요."

퀸튼이 작은 돌들과 잘게 찢긴 풀 사이에서 블랙 코트 요원의 기계 안구를 찾아냈다.

"블랙박스와 IM 칩까지 부순 걸 보십시오. 우리를 잘 아는 놈의 소행이질 않습니까."

"아케론?"

"분명합니다."

"블랙박스를 살릴 수 있겠나?"

"해 보겠습니다."

지잉. 퀸튼의 손가락에서 탐색용 칩이 달린 긴 금속 줄이 뻗어 나왔다. 그것은 부서진 기계 안구를 탐색하다가 작은 구멍에서 멈췄다. 탐색용 칩이 그 구멍 속으로 들어가 접속되자, 퀸튼이 쓴 선글라스에 '10퍼센트 복원 가능'이라는 글자가 떠올랐다.

"재생해 봐."

퀸튼의 선글라스가 액정 화면으로 변하며 녹화된 화면 중 남은 10퍼센트 분량이 재생되었다. 그것은 헬 하운드를 해치운 뒤, 준서와 강신철이 대화를 하는 장면이었다.

퀸튼이 고개를 갸웃거렸다.

"아케론이 아닌데요?"

"뭐 하는 놈들이지? 설마 하일이 이놈들에게 당한 거야?"

하일은 청호대교 붕괴 임무를 담당했던 요원의 이름이었다.

"인물 스캔을 해 보겠습니다."

퀸튼이 조작기를 몇 번 만지자, 선글라스 한쪽에 강신철의 프로필이 떴다.

"동부 경찰서 강력계 형사군요."

케빈이 교복을 입은 준서를 보며 말했다.

"저놈은, 학생 같은데."

"현재인일 겁니다. 아케론이 저 아이에게 은신처를 제공받고 있을 수도 있겠죠."

"이름표를 클로즈업해 봐."

준서의 이름표가 크게 확대되었다.

"서울 북고. 윤준서. 당장 조사해."

퀸튼은 서울 북고 전산 시스템에 접속하여 준서의 신상 정보를 알아냈다.

"평범한 학생이군요. 핸드폰 번호는 010—0000—0000입니다. 통신사에 접속하여 최근 통화 기록을 알아보겠습니다."

퀸튼이 고개를 갸웃거렸다.

"아케론과 통화를 한 흔적은 없습니다. 대신 30여 분 전, 이신우라는 여학생과 통화를 했군요. 교환기에 남아 있는 대화 내용을 틀어 볼까요?"

"그래."

선글라스에 장착된 스피커에서 신우의 목소리가 흘러나왔다.

―와아. 저 다리 위로 내 서방이 곧 지나갈 거네? 신기하다. 여기
서 보이거든. 두 정거장만 지나서 내리는 게 어때?

―그럴까? 잠깐 볼까?

―응.

―알았어. 이따 내려서 전화할게.

―쪽!

케빈이 골똘히 생각을 하다 결론을 내렸다.

"원래는 저 다리를 지나가다 추락했어야 하는 놈일 거다. 그러면 뭔
가 눈치를 채고 버스에서 내렸다는 얘기가 되는데⋯⋯아마도 그 버스에
타고 있는 하일을 본 게 아닌가 싶다."

"우리를 알아본다는 말입니까?"

"그렇지. 그리고 하일과 헬 하운드를 해치우고, 또한 사고도 막았겠
지."

"아케론의 도움을 받아서 말입니까?"

"아마도."

"역시 아케론이 현재인과 접촉을 하고 있었군요. 뭔가 특별한 능력이
있는 걸까요?"

"평범한 놈이라면 그러지 않았겠지. 분명 어떤 인과 관계가 있을 거
다."

"저 학생을 찾으면 아케론의 위치도 알아낼 수 있다는 말씀이군요."

"통화한 여학생을 찾아."

케빈의 명령에 퀸튼이 의아해했다.

"예? 왜 여학생을."

"둘이 만나기로 했잖아. 우리가 먼저 가서 그 여학생을 붙잡고 있으면 그 녀석이 말하지 않고는 못 배길 거야."

"여학생을 붙잡으면 아케론의 은신처를 말한다고요? 이해가 안 되는군요. 왜죠?"

케빈이 가소롭다는 듯 입꼬리를 말았다.

"인간은 원래 그래. 우리 같은 안드로이드야 이해할 수 없지만, 거추장스럽게 감정이란 걸 가지고 있거든."

"감정에 흔들리다니. 다루기 쉬운데요?"

"나약한 존재지."

잠시 후, 퀸튼이 신우의 신상 정보를 찾아 보고했다.

"외교부 안보 정책국장 이정진의 딸이로군요. 주소는 한남동 빌라 201호입니다. 공관이고요."

"공관이라면 경호원들이 있을 텐데. 괜히 시끄럽게 굴지 말고 놈을 이용해 들어가자. 아까 들은 녀석의 목소리를 믹싱해서 변조해 봐."

퀸튼이 목소리를 준서의 것으로 변조했다.

"저는 준서입니다. 어떻습니까?"

"맞는 거 같군."

"가시죠."

Chapter 7
세상의 전부인 너!

신우는 늘 혼자였다.

외교관 부모님을 둔 탓이다. 미국에서 태어났고 여러 나라를 돌아다니며 자랐기에 혼자였을 수밖에. 혼자 노는 것에 익숙해져 혼자라는 사실이 이제 별로 대수로울 것도 없지만 다른 집, 다른 언어, 서로 다른 아이들과의 만남이 중학교 때까지는 그렇게도 싫었었다. 이사만 해도 몇 번인지. 정말 신물이 날 정도였다.

큰 바람이 있는 것도 아니었다.

그저 우리도 다른 집처럼. 그런 소박한 바람이 항상 마음속에 있었는데, 상황이 달라진 건 북고로 전학을 오면서부터였다. 부모님은 여전히 집을 비우지만 지금은 입장이 많이 달랐다.

이유는 준서 때문.

준서를 만난 이후에는 혼자라는 생각을 해 본 적이 없었다. 준서의 성격이 다정다감하거나 여자한테 잘하는 편은 아니었다. 과묵한 데다가 냉소적인 면도 있었으니. 물론 엄마에 대한 트라우마 때문이었지만 오히려 까칠한 편에 가까웠다.

그렇지만 자신에게만은 대하는 태도가 달랐다.

북고에 와서도 처음에는 친구를 사귀는 게 쉽지는 않았다.

방과 후엔 학원으로 곧장 달려가는 반 친구들. 다들 입시라는 지옥에 갇혀 산다고나 할까? 하여간 그런 경향이 강했다. 그래서 어울리기가 쉽지 않았다. 그러나 준서는 달랐다. 공부를 못 하는 건 아니지만, 입시에 매달려 있지도 않았다. 입시에 매달렸다면 미술실에서 한가하게 그림이나 그리진 않았을 테니까.

미술실은 항상 준서가 주인이었다.

아무 때라도 찾아가면 늘 앉아서 그림을 그리고 있었다. 가끔은 대자로 뻗어서 잠을 자기도 하고.

지금의 관계는 첫 만남에서 결정지어진 것 같았다.

준서의 첫인상은 묘했다.

너무 일찍 성장해 버린 소년을 보는 듯했다고나 할까.

어찌 됐건 그때 가슴의 두근거림, 그걸 부정할 순 없었다.

그렇게 만남이 시작되었고 준서는 자신을 향해 손을 내밀어 준 유일한 사람이자, 지금은 세상의 전부가 되어 버렸다.

처음 만났던 날을 생각하니 피식, 하고 웃음이 나왔다.

"하도 퉁명스러워서 선배인 줄 알았다니깐."

　　　　　*　　　*　　　*

　신우는 무릎을 가슴까지 끌어안고 유리창에 머리를 기댄 채 시선을 창밖에 멍하니 던져놓고 있었다.

　어둠이 깔린 강변북로에는 차량 불빛이 끝도 없이 이어졌다. 멀리 퐁네프다리 위에도 불빛이 많았다. 어두워져 잘 보이지 않았으나 사람들이 많이 몰려 있는 것 같기도 했다. 다리가 무너졌으리라고는 상상도 못하고 음주 단속을 하는 걸로 생각했다.

　'올 시간이 넘었는데 버스가 막히나. 아참, 옷이라도 걸쳐야지. 벗고 나갈래?'

　일어서자 목욕 타월이 스르르 내려갔다. 그러는 바람에 신우는 의도치 않게 알몸이 되고 말았다. 앗! 소스라치게 놀라 얼굴을 가리다가 문득, '어? 내 방인데 어때?'라는 생각이 들었다.

　창유리에 화려한 장밋빛이 번졌다.

　목욕을 마친 뽀얀 알몸이 그 유리창에 고스란히 비쳤다.

　"이건 뭐 여신급인데?"

　신우는 유리창에 비친 소담스러운 젖가슴을 보며 흐뭇하게 미소를 지었다.

　"준비는 충분한데 머슴이 뜻이 없어서 탈이네. 쩝."

　속옷의 깔맞춤은 기본이다. 신우는 예쁜 속옷을 골라 입은 다음, 그 위에 롱 니트만 가볍게 걸쳤다. 준서가 오면 트레이닝 바지만 입고 나가면 될 것이었다.

　"아, 배고파."

갑자기 배가 고파져 뭐라도 먹으려고 아래층으로 내려갔다.

아줌마를 부르려다가 멈칫했다. 소파에 어질러져 있던 잡지가 정 위치에 반듯하게 자리를 잡고 있었기 때문이었다.

깨끗이 정리 정돈되어 있는 집안은 싫었다.

사람이 없다고 티를 내는 것 같아서였다. 그래서 늘 치우지 말라고 한 거였는데. 이렇게 말끔하게 치워져 있다는 건 아줌마가 자기 집에 가는 날이란 의미였다.

신우는 아직 젖은 머리를 긁적였다.

"참, 오늘 아줌마 안 계시지."

아줌마만 없으면 집안이 너무 조용해서 꼭 어두운 묘지 같았다.

경호실 인터폰을 눌렀다.

[예, 아가씨.]

"아빠 엄마 일정이 어떻게 돼요?"

[안보 회의차 일본에 계십니다. 모레 귀국하실 예정입니다.]

"그렇군요."

[혼자라서 무서우세요? 저희가 지키고 있으니 걱정 말고 주무세요.]

무섭다니.

"그런 거 아니에요."

툭. 신우는 신경질적으로 인터폰을 껐다.

누가 무서워서 그러나?

창가에 앉아 딱딱해진 빵과 토마토 주스를 마시고 남은 딸기 하나를 입에 넣고 오물거렸다. 덩그러니 혼자 남아 있다고 무섭지는 않다.

차라리 무서운 건 오늘 아침 준서가 했던 말이다.

정말 이 세상은 폐허가 될까? 우리는 어떻게 되는 거지?

강변북로는 아직도 꽉 막혀 답답한 인상을 주었다. 신우는 무릎을 당겨 끌어안고는 허벅지에 얼굴을 묻었다.

'이 느낌 정말 싫어. 준서나 빨리 왔으면.'

*　　*　　*

서기 2525년 레닌그라드 중앙역.

고오오.

50량(輛)짜리 오리엔탈 익스프레스 730편이 거대한 괴물처럼 플랫폼으로 머리를 들이밀었다.

　　—오리엔탈 익스프레스 730편이 곧 출발할 예정입니다. 승객
　　께서는 탑승을 서둘러 주시길 바랍니다.

안내 방송이 나오자 승객들은 여행 가방을 챙겨 들며 자리에서 일어섰다. 열차를 기다리던 승객들의 표정에는 설렘이 가득했다.

빨간 전화 부스 옆, 수상한 사내 하나.

아케론이다.

롱 코트에 중절모로 변장을 한 아케론은 느긋하게 담배를 피우며 승객들의 감정을 관찰하고 있었다.

"좋을 때군."

미지(未址)로의 여행이 주는 기분 좋은 설렘. 그런 느낌을 아케론은

기억하고 있었다. 천공 도시를 처음 봤던 날, 가슴이 터질 듯한 설렘에 잠을 이루지 못하지 않았던가.

"후우."

푸른 담배 연기가 그의 시야를 가렸다.

"그때가 일곱 살이었나?"

천공 도시는 죽었다 깨어나도 갈 수 없는 곳임을 누군가 가르쳐 주었지만 어린 시절 아케론은 가끔 꿈을 꾸었다. 유전자변형 콩이 들어 있는 통조림이 아닌 진짜 음식을 먹으며, 따뜻한 물에 샤워를 하고, 천공 도시의 시민들처럼 여행을 하며 사는 꿈을 말이다.

적어도 열 살 때까지는 꿈을 꾼 것 같았다.

하지만 형이 죽고 난 후, 그는 더 이상 꿈을 꾸지 않게 되었고 가슴속에서 설렘도 사라져 버렸다.

그때, 젊은 남자가 공안 경찰의 눈을 피해 다가왔다. 그리고 나직이 속삭였다.

"준서 군이 청호대교 사고를 막았답니다."

"그거 잘했군."

"그런데 문제가 생겼습니다."

"무슨 문제?"

"그것 때문에 프로젝트팀에서 낌새를 차린 거 같습니다. 지금 놈들이 신우 양 집으로 가고 있습니다."

"준서는?"

"준서 군도 신우 양에게 가고 있습니다."

아케론이 한참을 생각하다 입을 열었다.

"730편에 로버트는 타고 있지?"

"예. 분명히 확인했습니다."

"이번이 아니면 언제 기회가 올지 몰라. 그러니 필히 놈을 죽여야 해."

"맞습니다. 시위 때문에 경비가 느슨해진 지금이 절호의 기회입니다."

"알았어. 준서에게는 내가 연락하지."

＊　　　＊　　　＊

준서는 81번 버스에 몸을 싣고 있었다.

하루 동안 무슨 일이 이렇게 많이 일어났는지 정신이 하나도 없었다.

그래도 한남동 거리로 접어들며 기분이 한결 나아졌다.

주머니 속에 진동이 울렸다.

성구였다. 녀석은 전화를 받자마자 설레발을 쳤다.

[야, 니들 오늘 어디 갔어. 솔직히 말해라. 형은 다 안다. 니들 혹시. 큭큭.]

"미친놈."

[그럼 말을 해 봐. 어디 갔었는지.]

"바빴어. 쓸데없이."

[야, 오늘 골 때렸어. 아침에 한남 사거리에서 대형 사고 나고, 청호대교도 무너졌다는 거 아냐.]

준서는 모르는 척했다.

"그래?"

[그래, 인마. 난리도 아니었다니까. 니들은 물론 벙커에 들어가 있어

서 몰랐겠지만, 이건 세상이 망해 가는 징조다. 내가 북극의 얼음이 녹아내릴 때부터 알아봤어.]

북극의 얼음은 오버다. 그러나 망해 간다는 건 딱히 틀린 말이 아니다.

[근데 벙커에서 뭐 했냐. 어른 놀이? 불장난 댄스? 캬캬캬.]

"주접을 떨어요. 신우는 이제야 만나러 가거든?"

[으음? 이런, 나의 예상이 이렇게 무너지다니.]

그때, 팔찌에 빨간 신호가 급하게 번쩍였다. 아케론일 것이었다. 무슨 일이지?

"끊어. 전화 들어와."

[나 아직 얘기 안 끝났어!]

툭. 성구 녀석의 전화를 매몰차게 끊어 버리고는 아케론의 전화를 받았다.

"어디세요?"

그는 거두절미하고 용건만 말했다.

[신우가 위험하다.]

"네?"

[놈들이 눈치를 챈 것 같구나. 지금 신우한테 가고 있다는 연락을 받았다. 아마 신우를 볼모로 너를 노릴 생각이겠지. 서둘러라.]

"……!"

눈에서 불꽃이 이는 것 같았다.

이런, 개자식들!

＊   ＊   ＊

좀 이상하다 싶었다.

시간이 꽤 된 것 같은데 준서는 오질 않았다. 벽시계를 보았다. 10분밖에 지나지 않았다.

'이상하네. 30분은 더 지난 거 같은데?'

라고 생각하며 신우는 전화를 걸어 보았다. 그렇지만 핸드폰이 터지질 않았다. 아니나 다를까, 액정 화면 위쪽에 표시되는 송수신 감도가 제로였다. 텔레비전은? 리모컨의 전원 단추를 눌렀지만 텔레비전도 켜지질 않았다. 정전인가 생각했지만 그것도 아니었다. 정전이면 비상등이라도 켜져야 하는데, 비상등에는 불도 들어오질 않았던 것이다.

정말 이상하네. 불도 안 들어오고 핸드폰도 안 터지고.

그래도 거실이 어둡지 않은 건 창밖에서 들어오는 가로등 불빛 때문이었다.

"아저씨. 정전이에요?"

[…….]

경호실 인터폰을 눌러 물어봤지만 아무런 대답이 없었다.

야식 먹으러 갔나? 밤 근무자들이 종종 야식을 먹느라 자리를 비우기도 해서 별다른 의심은 하지 않았다.

"곧 들어오겠지, 뭐."

신우는 부엌 싱크대로 가서 아까 먹은 토마토 주스 컵과 딸기 접시를 씻었다. 손에 닿는 차가운 물이 상쾌했다. 집안이 워낙 고요한 탓에 물소리마저 요란하게 느껴졌다.

그때였다.

저벅.

"······?"

물소리에 이질적인 소리가 섞였다. 마치 꺼끌꺼끌한 바닥을 밟는 듯한 그런 소리였다. 신우는 고개를 홱 돌려 보았지만 뒤에는 아무것도 없었다.

잘못 들었나?

컵과 접시를 다시 헹구려고 하는데 이번에는 발자국 소리가 또렷이 들렸다.

저벅.

어두운 현관 쪽이었다.

"아저씨?"

어둠 속에 뭔가가 있었다. 어둠 속에서 거친 숨소리 같은 것이 들려왔다.

"후우, 후우."

현관에 누가 있다면 센서가 자동으로 작동해야 정상인데 불이 켜지질 않았다. 정전이더라도 비상 전력으로 현관의 전등은 들어왔어야 했다. 불이라고는 어둠 속에 떠 있는 두 개의 시뻘건 불빛뿐이었다.

저건 뭐지? 갑자기 무서운 생각이 엄습했다.

신우는 뒷걸음질 치면서 조심스레 물었다.

"누, 누구 있어요?"

두 개의 시뻘건 불빛은 대답도 없이 뒷걸음질치는 신우를 쫓아왔다.

"뭐야, 너!"

뭔가 이상함을 느낀 신우가 경계심을 품었을 때였다.

창밖에서 들어오는 가로등 불빛에 괴물은 정체를 드러냈다. 제일 먼저 드러낸 것은 기형적으로 부풀어 오른 큰 얼굴이었다.

놈의 얼굴은 흉측했다.

어둠 속에서 살아온 탓에 주름이 깊게 패 있었고, 길게 늘어진 코에는 검은 사마귀가 덕지덕지 붙었으며, 피부는 잿빛으로 창백하고 칙칙했다.

"크르르."

신우가 본 시뻘건 빛은 인공 불빛을 받으면 홍채(紅彩)를 띠는 놈의 눈동자였다.

"크르르."

이른바 트롤(troll)이란 놈인데, 이놈 역시 진짜 괴물은 아니고 사람에게 공포심을 주기 위해 미래 인류가 겉모양만 괴물의 껍질을 둘러 만든 전투 안드로이드였다.

"꺄악!"

신우는 소스라치게 놀라 비명을 질렀다.

"크륵, 놀라지 마."

트롤이 도마뱀 인간이나 헬 하운드와 다른 점은 말을 구사하고 병기를 쓴다는 것이었다. 놈은 긴 왼손으로 거실 바닥을 짚고, 오른손에는 날카로운 단검을 쥐고 있었다.

"해치지 않을 테니 이리 오렴. 츄릅."

놈은 말을 하면서 흐르는 침을 연신 혀로 핥아 올렸다.

"싫어!"

신우는 뒤도 돌아보지 않고 이 층 방으로 뛰어 올라갔다. 그러자 트롤이 징그러운 미소를 지으며 신우를 천천히 쫓았다.

"얘기 좀 하자니까. 츄릅."

신우는 방으로 들어가 문을 잠갔다.

"침착하자."

천천히 돌아보니 집안 전체가 무채색이었다. 마치 흑백텔레비전처럼 아무런 색깔이 없었다. 폐쇄 공간에 갇힌 것인데 신우는 몰랐던 것이다.

"저 괴물은 뭐지?"

준서 말대로 세상이 망해 가는 건가?

"아, 침착해야 하는데 아무것도 생각이 안 나."

콰직.

손잡이 옆 문짝이 뚫리며 트롤의 털북숭이 손이 들어와 손잡이의 잠금장치를 풀었다.

"꺄악!"

신우는 다시 한 번 비명을 질렀다.

방문을 부수고 들어온 트롤은 검은 혓바닥으로 단검을 할짝할짝 핥았다. 징그러운 행동에 신우는 기겁을 하여 뒷걸음질 쳤다. 꿈일 거야, 라고 생각했지만 불행히도 이건 생생한 현실이었다.

신우가 필통에서 연필을 꺼내 쥐며 말했다.

"가까이 오지 마. 괴물아."

"크륵, 괴물이라고 부르지 마!"

화가 난 트롤이 날카로운 발톱으로 신우의 목을 조르려 할 때였다.

"그만!"

검정 양복에 선글라스를 쓴 남자 둘이 들어서며 트롤을 제지했다. 케빈과 퀸튼이었다.

"겁만 주라고 했잖아."

트롤은 날을 세웠던 발톱을 거두며 아쉬운 듯 씩씩거렸다.

"크륵, 크륵."

케빈이 능글맞게 웃으며 신우에게 물었다.

"준서의 친구지?"

"당신들 누군데?"

"우리도 준서의 친구라고 해 두지."

"거짓말. 준서한테 얘기 들었어. 미래에서 온 사람들이지?"

"생각보다 아는 게 많네? 그럼 대화가 통하겠군. 준서가 올 때까지만 인질로 잡혀 줘야겠다. 그러면 살려 주지."

"날 이용하려는 수작이야?"

"역시 똑똑해."

"미친놈."

"여학생치고는 입이 너무 거칠군. 끌고 나와."

트롤이 기다렸다는 듯이 신우의 손목을 낚아챘다. 갑자기 쥐고 세게 잡아당겼기 때문에 손목이 부러질 듯했다.

"놔! 이 괴물아. 놓으라고!"

"크륵, 이리와."

있는 힘껏 저항을 했지만 트롤의 힘을 감당하기에는 역부족이었다. 신우는 어쩔 수 없이 거실까지 끌려 내려오고 말았다.

"거기 서 있기만 하면 돼. 녀석이 올 때까지."

"……."

"간단하군요. 팀장님 말씀처럼."

"인간에겐 감정이 있어서 다루기 쉽다고 했잖아."

"그러게 말입니다."

둘의 대화를 듣고 있던 신우가 놀라 눈을 치켜떴다.

"당신들, 사람이 아닌 거야?"

케빈이 피식하고 웃었다.

"그렇다면 우리를 허접한 인간 따위로 봤나?"

예상치 못한 그들의 정체에 당황한 것도 잠시, 신우가 이내 둘을 노려보며 당당히 말했다.

"이제 알았어. 날 인질로 삼아 준서의 마음을 이용할 생각인 게 분명해."

"맞아."

"그런데 당신들이 잘 모르는 게 있어. 그 감정은 혼자만의 것이 아니거든."

"무슨 말이지?"

"준서가 날 생각하는 것만큼 나도 준서를 생각한다는 말이야. 그래서 당신들 뜻대로는 안 될 거야. 왜냐면 나 또한 준서를 위해 무슨 짓이든 할 수 있거든."

"······?"

무슨 뜻인지 못 알아듣는 표정이었다.

그때, 신우가 뾰족하게 깎인 연필을 목에 가져갔다. 아까 끌려올 때, 도망칠 기회가 온다면 트롤을 찌를 생각으로 집었던 것이었다. 연필심은 정확히 경동맥을 향하고 있었다.

케빈이 의아해하며 물었다.

"죽을 작정이냐?"

"준서를 위해서라면."

"남을 위해 목숨을 버린다고? 왜 그런 짓을 하지?"

"설명한들 당신 따위가 알겠어?"

사람은 소중한 가치를 지키기 위해 기꺼이 희생할 수도 있다는 사실을 안드로이드들은 알지 못했다. 신우는 눈을 떼지 않으며 천천히 뒷걸음질 쳤다. 현관까지만 가면 도망칠 수 있을 것 같아서였다.

"다가오면 죽어 버릴 거야."

지능형 안드로이드지만 이런 상황은 혼란스러웠다.

그들에게는 목표로 인식한 대상물이 스스로 자해를 하려는 상황에 대한 경험치가 없었던 것이다. 인공지능은 목표물을 위험한 상태로 인식하고 오히려 보호하라는 명령을 내렸다.

"섣불리 나서지 마라."

"예."

툭.

뒷걸음질치던 신우는 뭔가에 부딪쳐 멈춰 섰다.

좌절이었다.

역시 도망칠 수 없는 건가.

또 다른 괴물이리라고 생각했다. 뒤에서 나타난, 아직 모습을 보지 못한 괴물에 의해 신우는 연필을 들고 있는 손목을 붙잡혔다.

"놔! 놓으란 말이야!"

신우는 발작적으로 소리쳤다.

"인질로 잡히느니 죽어 버릴 거야. 놔!"

그런데 뒤에서 낯익은 음성이 들렸다.

"신우야. 위험해. 연필 내려놔."

"……?"

뒤를 돌아본 신우는 금방 울음이라도 터뜨릴 듯한 표정이었다.

준서가 서 있었기 때문이었다.

"준서였어?"

"응."

"왜, 왜 이제 왔어."

"미안해."

"흑."

"여기서 잠깐 기다리고 있을래?"

"저 괴물하고 싸우려고? 그러지 마. 그냥 도망치자. 밖에 경호원이 있으니까. 응?"

준서는 부드러운 목소리로 신우를 안심시켰다.

"걱정하지 마."

그리고 신우 앞으로 몇 걸음 걸어 나왔다.

준서를 보며 케빈은 서늘한 느낌을 받았다. 체격이 우람하지도, 무기를 든 것도 아니었으나 몸 전체에서 내뿜는 살기가 강력했기 때문이었다.

'굉장한 기력을 가진 놈이군.'

"네가 준서인가?"

케빈의 물음에 준서는 냉담하게 반응했다.

"함부로 입에 담을 이름 아니야."

"몇 가지만 묻겠다. 대답만 잘하면 살려 준다."

"물어봐."

"청호대교에서 일어난 인명 사고를 막은 게 설마 너는 아니겠지?"

"설마 나야."

"하일과 헬 하운드를 제거한 것도?"

"그것도 나고."

"평범한 인간이 할 수 없는 일이다."

"평범해."

"반군과는 어떤 관계냐."

"서로 인사를 나눈 정도?"

"훗. 건방진 놈이로군. 좋다. 마지막으로 묻겠다. 아케론은 지금 어디에 있지?"

"……"

"왜 대답이 없지?"

"왜 내가 대답을 해야 한다고 생각하지? 하나를 대답하면 둘도 대답할 것이라고 생각하는 건, 사고가 기계적이기 때문인가?"

"기계가 아니라면?"

"결과는 비슷해. 기계라면 부서지는 거고, 인간이면 죽는 거니까."

타닷.

말이 끝남과 동시에 준서가 발을 차며 달려 나갔다. 순간 가속이 붙어 거실을 가로질러 가는 데, 채 몇 초가 안 걸리는 듯했다. 엄청난 속도에 놀란 케빈이 소리쳤다.

"트롤. 저놈을 막아!"

"크르륵!"

하지만 준서를 막기에는 트롤의 동작이 너무 느렸다. 준서는 소파를 밟고 발돋움을 하여 트롤의 머리를 넘어갔다. 케빈과 퀸튼의 입장에서는 준서가 갑자기 천장에서부터 떨어져 내리는 기분일 것이었다.

준서는 케빈의 턱을 팔꿈치로 가격했다.

콰직!

"컥!"

떨어지며 체중이 실렸기 때문에 케빈의 턱이 빈 맥주 캔처럼 찌그러졌다. 강력한 타격에 피복이 벗겨져 왼쪽 턱의 금속 장치가 고스란히 드러났다.

"그러니까 부품은 정품으로 써야지."

"크륵."

준서가 케빈을 공격하자 트롤이 단검을 든 긴 팔을 머리 뒤로 한껏 젖혔다.

힘으로 내려치겠다는 의도.

"흥."

코웃음을 친 준서는 치켜뜬 눈으로 트롤의 움직임을 예리하게 쏘아보았다.

"크륵. 머리통을 뽑아주마."

"지랄."

쉬이익.

트롤의 긴 팔이 큰 궤적을 그리며 위에서 아래로 떨어졌다. 준서는 물러서지 않고 몸을 옆으로 비틀어 피했다. 허공을 가른 단검이 대리석 바닥을 때리며 불꽃을 일으켰다.

깡!

준서는 트롤이 자세를 바로잡을 여유를 주지 않았다.

파밧.

빠르게 튀어 올라가며 발로는 놈의 정강이를 차고, 팔꿈치로는 놈의 턱을 가격했다.

타격을 받은 트롤이 중심을 잃고 비틀거리며 뒤로 물러섰다.

"크륵."

퍽. 퍽. 퍽. 퍽.

준서의 주먹이 연속으로 트롤의 턱에 작렬했다.

긴 코가 찌그러지며 거무죽죽한 기름 같은 액체가 흘러나왔다.

"추악한 놈이 어디서."

준서의 발이 짧은 곡선을 그리며 트롤의 옆구리에 꽂혔다.

"꾸에웩!"

놈은 기괴한 소리를 내지르며 고통스러워했다.

"흥. 기계 따위가 아픈 척은."

그 틈을 이용해 준서는 트롤의 어깨를 밟으며 이 층으로 솟구쳤다. 이 층으로 피해 둘의 싸움을 구경하던 케빈과 퀸튼이 깜짝 놀라 당황하는 사이, 준서의 주먹과 발이 동시에 움직였다. 주먹은 케빈의 양쪽 눈 사이에, 발은 퀸튼의 가슴에 작렬했다.

"킥!"

둘은 준서의 강력한 힘에 나동그라지고 말았다.

케빈이 일그러진 콧등을 매만지며 말했다.

"평범한 인간이 아니군. 전사냐?"

준서는 농담할 기분도, 구구절절 설명해 줄 기분도 아니었다.

"알 것 없어. 개자식아."

분노가 치민 탓에 기력이 한껏 증폭되었다.

총이나 검이 없어도 뭐든지 부숴 버릴 수 있을 것 같은 심정이었다.

주체할 수 없는 감정에 휩싸여 천천히 케빈과 퀸튼에게 다가갔다. 그때였다.

트롤이 긴 팔로 준서의 발목을 잡아당겼다. 순간적으로 몸이 아래로 푹 꺼지듯 딸려 내려가 바닥에 그대로 널브러지고 말았다.

콰당.

그 충격은 상당했다. 옆구리가 결리며 숨이 턱 막히는 듯했다.

"윽."

발을 빼 보려 안간힘을 썼지만 트롤의 손아귀 힘이 엄청나 좀처럼 빠지질 않았다. 승세를 잡은 트롤은 공격을 멈추지 않았다. 준서의 발목을 잡고 한 바퀴 돌리더니 그대로 벽으로 집어 던졌다.

쿵!

거실 벽에 부딪친 준서는 정신이 혼미해져 잠시 일어나질 못했다. 그러자 신우가 울먹이는 목소리로 준서를 불렀다.

"준서야!"

겨우 정신을 차린 준서는 몸을 일으켜 벽에 등을 기댔다. 그러고는 신우를 향해 씩 웃어 주었다.

"괜찮아."

괜찮기는 제길. 온몸의 뼈가 부러진 것 같네.

놈의 파워 서플라이를 부숴야 하는데 마땅한 것이 없었다. 맨주먹으로는 껍데기만 찌그러뜨릴 뿐이었다. 그때, 유리장 속에 보관되어 있는 한 자루의 검이 준서의 눈에 들어왔다. 신우의 아빠 것으로 보이는 의전용 검이었다.

쨍그랑.

준서는 재빨리 일어나 유리장의 유리를 깨고 검을 집어 들었다.

'장식용 검이라 금속으로 된 놈을 베진 못할 거다. 단 한 번에 가슴 뒤쪽에 박아 넣어야 한다.'

트롤이 기세등등하여 다가왔다.

"크릉. 그런 장난감 따위로 날 상대하려 하다니. 어리석은 인간."

"닥쳐. 이 개자식아."

"크릉."

쐐애액.

트롤의 긴 팔이 단검을 향해 뻗어 왔다.

신우가 외쳤다.

"준서야, 위험해. 어서 피해!"

신우야. 맞서야 해. 피한다고 해결되진 않아.

준서는 트롤의 팔이 가까이 오길 기다렸다가 고개를 살짝 숙여 피했다. 위협적인 그 팔은 바람을 가르는 소리를 내며 준서의 귀 옆을 스쳐 지나갔다. 바로 그 순간, 트롤의 칙칙한 색깔의 옆구리가 드러났다. 준서는 검을 비스듬히 누였다. 장식용 검이라 그냥 찔러서는 금속 부품을 뚫고 들어갈 수 없어서였다.

"죽어!"

푹!

준서는 비스듬히 뉘인 검을 옆구리 아래서 위로, 가슴 뒤편 깊숙한 곳까지 힘차게 쑤셔 넣었다. 세밀하게 조립된 부품 사이로 꽂힌 검은 생각보다 깊게 들어가 놈의 등을 뚫고 나왔다.

"크아아!"

놈이 몸부림을 치며 허우적거렸다. 검이 박힌 곳에서는 빠직거리는 소리와 함께 파란 스파크가 일어났다. 파워 서플라이에 치명적인 타격을 받은 게 분명했다.

"꺼져. 새끼야."

준서는 발로 놈의 가슴을 밀어 버렸다.

다른 안드로이드와 마찬가지로 전원 공급에 문제가 생기자 트롤도 힘없이 나자빠지고 말았다.

"크륵."

쿵.

트롤이 쓰러진 채 버둥거렸다. 준서는 그 모습을 내려다보며 냉담하게 말했다.

"기계 주제에 고통을 느끼는 척은. 고통은 네놈들 때문에 희생한 사람들이 느끼는 거다."

준서는 기력을 증폭시켜 의전용 검으로 흘려보냈다. 의전용 검의 날에 푸른 기운이 서렸다. 그것으로 다시 한 번 파워 서플라이가 있는 등을 찔렀다.

콱!

이번에는 정확히 전원 공급을 차단했는지 트롤은 폐차 처리된 자동차처럼 미동도 하지 않았다.

"아……."

그제야 안심한 듯 신우가 이마를 짚으며 주저앉듯 쓰러졌다. 그 모습을 본 준서는 재빨리 달려가 신우를 부축했다.

"날 붙잡아."

"응."

신우를 부축하며 준서는 이 층으로 눈을 돌렸다.

'어디 갔지?'

폐쇄 공간을 닫았는지 주변의 색이 점차 되돌아오기 시작했다.

케빈과 퀸튼은 녹색 빛에 쌓여 사라져 가고 있었다. 잡아야 했다. 그냥 보내면 이 모든 게 연맹에 그대로 보고될 테니까. 그러나 그들을 잡기에는 이미 늦은 터라 준서는 그저 지켜볼 수밖에 없었다. 제길. 형체가 반쯤 희미해진 케빈은 경고를 남겼다.

"하나의 사건을 막으면 다른 사건이 일어날 수밖에 없고, 작은 사건을 막으면 대형 사건이 일어날 수밖에 없다. 인과율의 법칙이 작용하기 때문이다. 결론적으로 말한다. 잊지 마라. 나약한 너희들은 결코 우리의 계획을 막을 수 없다."

"미래는 미래의 문제야. 과거를 끌어들이지 말란 말이야. 그리고 나약한 건 우리가 아니라 니들이야. 기득권을 유지하기 위해 과거나 조작하는 니들은, 정말 치졸하고 비겁한 놈들이지."

"……."

말을 하다가 준서는 어이없다는 듯 손사래를 쳤다.

"아아, 됐어. 기계 따위에게 별 얘기를 다했군."

그리고 강렬하게 쏘아보며 역으로 경고를 날렸다.

"이해하기 어려우면 네 주인한테 그대로 전해라. 우리한테는 관심 끊고 하던 개밥 장사나 하라고. 그렇지 않으면 대가를 치르게 해 줄 테니. 알았어?"

케빈과 퀸튼은 묘한 미소를 지으며 녹색 빛과 함께 자취를 감췄다.

폐쇄 공간이 닫히자 부서진 트롤의 모습도 사라지고 모든 것이 이전 상태로 돌아왔다. 트롤과 싸우는 과정에서 엉망이 되었던 거실도 깨끗해졌고, 의전용 검도 유리장 안으로 되돌아가 걸려 있었다. 시원하게 경고를 날렸지만 걱정이 없는 것은 아니었다.

'미래 인류 지도부가 이 사실을 알게 되면 어찌 될까.'

준서는 애써 걱정을 떨쳐낸 후, 신우를 안아 들었다.

롱 니트가 걷어 올라가며 팬티만 입고 있는 신우의 하체가 고스란히 드러났다. 준서는 벙찐 얼굴로 말했다.

"뭐냐. 이 하의 실종은."

신우가 기어들어 가는 목소리로 해명했다.

"전화받으면 입으려고 했어. 정말이야."

"그래도 해명은 하네."

"다 큰 계집애가 팬티 차림으로 돌아 댕긴다고 혼낼 거 같아서."

"하아. 난 내 실력인 줄 알았는데, 저 괴물이 너한테 한눈팔다 당한 거네. 그지?"

"그만 놀려. 나 정말 놀랐단 말이야."

"알았어. 네 방 어디야?"

226 표류전쟁

"이 층."

　신우의 방은 너저분했다.

　모든 것이 제멋대로 나와 있고, 속옷 서랍도 그냥 열려 있고, 책상 위에도 가방 속을 뒤집어 놓은 것처럼 책이며 필기구들이 어지럽게 놓여 있었다. 이런 방에서 지내면서 그렇게 깨끗하고 단정하게 교복을 입고 등교를 한다는 것은 사기라고 생각했다.

　덜렁거리는 성격을 보면 방과 주인이 닮은 것 같기도 하지만.

　신우를 침대에 눕힌 다음, 시트로 몸을 가려 주었다. 그러고 보니 그동안 신우의 가족에 대해서는 전혀 모르고 있었다는 것을 깨달았다.

　적어도 150평은 될 거 같은데. 늘 비어 있다면 이렇게 큰 집에 신우 혼자 사는 건가?

　"부모님은?"

　"안 계셔, 늘."

　"어디 가셨어?"

　"세계 각국을 돌아다니시지. 그 덕분에 나도 역마살이 꼈고. 외교관이시거든."

　"많이 놀랐지?"

　"응. 아직도 가슴이 뛰어."

　"아깐 왜 그랬어? 너답지 않게 왜 위험한 행동을."

　"……."

　"나 때문에 누군가가 또 다칠까 봐. 더구나 그게 너라는 건 도저히……. 난 미쳐버릴 거야."

어떤 사연이라도 있는 걸까. 신우의 안색이 좋질 않았다.

"무슨 일이 있었어?"

준서의 질문에 신우는 힘들게 대답했다.

"초등학교 때 잠깐 이집트에 있었어. 외교관 자녀들만 다니는 학교였는데, 어느 날 무장 테러 집단이 학교를 점거했었어. 난 이유도 모른 채 친구들과 하루 동안 감금당해야 했어. 우리를 구하려다 영사관 직원 아저씨가 죽고, 선생님도 죽고. 아직도 그날 기억이 선명해. 그래서 인질이 되는 게 죽도록 싫어. 나 때문에 누군가 죽는 것도 싫고. 아까는 그래서 그렇게 행동했던 거야."

그랬었구나. 이제야 이해가 가는 준서였다.

신우의 커다란 눈에서 눈물이 흘렀다.

소리 없이 또르르 굴러내리는 눈물은 감정 때문이 아닌, 두려움 때문에 흘리는 눈물이었다. 잘 안다. 엄마를 잃은 두려움에 수없이 흘려봤으니까. 준서는 엄지로 신우의 눈물을 닦아주었다.

"좀 쉬어."

"근데 쟤들은 뭐야?"

"미래에서 온 안드로이드. 재앙을 일으키는 놈들이야. 오늘도 두 번이나 그랬어."

"아침에 내가 탄 버스. 그리고 또 뭐?"

"청호대교를 무너뜨렸어."

"사람을 죽이려고?"

"응."

"정말 사실이었구나. 네 말."

준서는 가볍게 숨을 토했다.

"후우. 나도 믿겨지지 않아. 하지만 받아들여야 해. 그리고 준비해야 해. 결국 올 테니까."

"세상이 폐허가 된다는 날?"

"응."

"무섭다. 오늘 가지 마. 혼자 있기 싫어."

"그럴게."

잔뜩 긴장했던 신경과 근육이 풀린 탓인지 신우는 무척 피곤해했다.

"나, 졸려."

"푹 자. 옆에 있을 테니 염려 말고."

"응."

Chapter 8
시간 여행

침대 옆에 앉아 있다가 깜빡 잠이 든 모양이었다.

꾸벅.

고개가 떨어지는 바람에 준서는 반사적으로 놀라서 깼다. 신우는 준서의 손을 꼭 잡은 채 쌔근거리며 자고 있었다.

'많이 놀랐나 보네. 이렇게 깊이 잠든 걸 보니.'

시계를 보니 벌써 밤 11시.

늦은 시간. 아빠와 그 여자가 걱정하고 있을 것이었다. 문득 그런 생각이 들었다. 신우를 찾아냈다면 우리 집도 찾을 수 있을 거라는. 준서는 재빨리 스마트폰을 꺼내 전화를 했다.

"아빠?"

[어. 아들.]

"별일 없어요?"

[이 집 아들이 집에 아직 안 들어온 거 빼고는 별일 없는데?]

별일 없다니 다행이다.

"그럼 다행이고."

[뭔 뚱딴지같은 소리야. 마치 별일 있어야 할 것 같잖아.]

준서는 반사적으로 부인했다.

"아냐, 그런 뜻."

[도서관이냐?]

"아니, 신우네 집. 신우가 아파. 그래서 오늘 여기서 자고 바로 학교로 가려고."

어쩔 수 없이 거짓말을 했더니 아빠의 목소리에 걱정이 묻어난다.

[요즘 감기 완전 독하던데. 어쨌든, 신우 부모님은 뭐 하시고 네가 병간호를 하냐?]

"안 계셔. 외교관인데 늘 외국에 나가 계시나 봐."

[신우 혼자야?]

"응."

[저런. 부잣집 딸이라 공주로 컸으려니 했는데, 그것도 아닌가 보네. 오히려 외롭게 자랐겠다, 야.]

"그랬나 봐. 나도 처음 알았어."

[알았다. 병간호 잘해라.]

"근데 아빠. 뭐 할 말 없어? 집에 안 들어온다고 야단을 친다든가. 그러고 보니 아빠한테는 혼나 본 적이 없는 거 같기도 하고."

아빠는 당황한 목소리로 말을 돌렸다.

[아, 시스타 뮤비 봐야 하는데 자식이 말 길게 하게 만드네.]

"말해봐."

준서의 다그침에 아빠가 맥없이 대답했다.

[야단칠 자격이 없잖아. 나는.]

아빠가 아들 야단치는데 자격은 무슨. 아빠라는 이유만으로도 자식한테 야단칠 수 있는 거지, 무슨 원죄 의식이라도 있나.

[야, 아빠 시스타 뮤비 봐야 돼. 첫 부분 놓치면 안 된단 말이야.]

이상했다. 평소에는 거칠 것이 없는 아빠지만 유독 과거 일에는 약한 모습을 보였다. 그럴수록 궁금했다. 대체 그날 아빠는 뭘 하고 있었던 걸까. 궁금했지만 물어볼 용기는 없었다.

"주무세요."

[어, 아들. 낼 봐.]

곰곰이 생각해 보니 의문이 들었다.

폐쇄 공간 안에서 왜 신우의 시간이 흘렀을까.

고심한 끝에 준서는 답을 찾을 수 있었다. 자신을 이용하기 위해 기억 망각 기법을 해제했을 것이다. 기억 망각 기법을 해제하면 어떻게 되는가. 아케론의 말에 따르면, 기억 망각 기법이 통하지 않는 사람들은 세상에 남겨질 것이라 했다.

그렇다면 폐허가 될 세상에 신우도 남겨지는 건가?

나 때문에?

그때였다.

팔찌에 긴급 상황을 표시하는 'E(emergency)' 마크가 떴다. 이어 공간 좌표도 찍혔다.

"공간 좌표를 보내온 걸 보니 오라는 말인데. 검술 훈련에 빠져서 화가 나셨나? 아니, 그 정도는 긴급 상황이 아닐 거야."

준서는 문자를 보내 물었다.

[무슨 일이에요?]

긴급 상황을 보낸 건 수도사 루치우스였고, 돌아온 그의 답신은 당혹스러웠다.

[아케론이 위험하다. —루치우스.]

아저씨가 위험하다고? 곧바로 아케론을 위치 추적하여 홀로그램 통화를 시도했다.

팔찌에서 비취색 빛이 나오더니 그 비취색 빛은 곧 아케론의 얼굴로 변했다. 아케론은 열차로 보이는 좌석에 앉아 있었다.

[오, 준서.]

"어디세요?"

[2525년. 천공 시민에게만 탑승을 허락하는 오리엔탈 익스프레스 730에 타고 있다. 하하.]

"루치우스 사제님의 문자를 받았어요."

[무슨 일로?]

"무슨 일은 제가 물어야죠. 무슨 일이에요?"

[이 열차에 카길사 동아시아 지부장 로버트란 놈이 타고 있다. 온갖 악독한 만행을 저지른 놈이야. 지난 수년간 추적했는데 잡을 수가 없었지. 오늘이 절호의 기회다. 각 도시에서 일어난 폭동으로 연맹 경찰 병력이 빠져 있거든.]

"아무리 악독한 놈이라도 전쟁을 지휘할 사령관이 직접 움직이는 건 전략적으로 멍청한 짓이에요. 놈이 그만한 가치도 없고요."

[군사 학교에서 그렇게 배웠냐?]

"예."

[잘 배웠구나.]

아케론은 한 템포 쉬었다가 말을 이었다.

[테오 형을 죽인 놈이다.]

"저도 갈게요."

[오지 마. 위험해.]

"됐어요."

툭. 준서는 홀로그램 통화를 일방적으로 끊었다. 그리고 곤히 잠들어 있는 신우를 보며 다정하게 말했다.

"금방 다녀올게. 푹 자고 있어."

*   *   *

서기 2525년 레닌그라드 중앙역.

　—다시 한 번 말씀드리겠습니다. 레닌그라드 발 오리엔탈 익
　스프레스 730편이 곧 네오서울을 향해 출발할 예정이오니 탑승
　권을 소지하신 승객께서는 탑승을 서둘러 주시길 바랍니다.

아케론은 고개를 들어 플랫폼 천장을 올려다보았다.

연맹 보안국에서 설치한 CCTV 카메라가 자신을 향하고 있었다.

그는 피우던 담배를 카메라를 향해 던졌다.

카메라에 맞고 튕긴 담배가 붉은 궤적을 그리며 바닥으로 떨어졌다.

"뉴스에 나올 텐데 웃어 주기라도 해야 하는 건가? 귀찮게."

그는 카메라를 향해 엷은 미소를 지어 보였다.

그러다가 자신의 행동에 멋쩍은 생각이 들었는지 코트 깃을 여몄다.

"뉴스가 아니라 기사 한 줄 실리지 않을지도 모르지."

열차가 플랫폼에 멈춰 섰다.

슬라이드 도어 앞에는 연맹 보안국 직원과 금발의 여승무원이 천공 시민권을 검사하고 있었다.

이십 대 후반 정도 되었을까? 여승무원은 육감적인 입술을 가진 여인 이었다.

"안녕하십니까? 여러분을 네오서울까지 모시고 갈 승무원 레이나입 니다. 안전상의 이유로 천공 시민권을 확인하고 있사오니 승객 여러분 께서는 협조 부탁드리겠습니다."

승객들이 줄줄이 검사를 받고 아케론의 차례가 되었다.

"손목을 잠시 들어주시겠습니까?"

"그럽시다."

아케론은 그녀의 요구대로 손목을 내주었다. 레이나라는 여승무원은 판독기를 그의 손목에 갖다 댔다. '징' 하는 소리와 함께 엷은 비취색 빛이 그의 손목을 지나갔다.

아케론이 가벼운 농담을 던졌다.

"이런, 흉물스럽게 뼈가 다 보이는군."

그의 농담에 레이나가 입을 가리며 웃었다.

"푸훗. 손님 이건 X—RAY가 아닌걸요?"

"난 정형외과인 줄 알았소."

"호호. 귀찮으시겠지만 이해해 주세요."

판독기는 불과 일 초 만에 천공 시민권 정보를 읽어냈다. 복제한 가짜 시민권이었지만 기술이 정교하여 판독기는 이를 잡아내지 못했다.

"미스터 포트워드 씨. 확인되었습니다. 좌석은 6호 35번 창가입니다."

"고맙군요. 미스 레이나라고 했나요?"

"네. 그렇습니다."

"한 가지 물어봐도 되겠습니까?"

"말씀하세요. 미스터 포트워드 씨."

"오리엔탈 익스프레스의 승무원이 되려면 모두 당신처럼 미인이어야 하오?"

"네에?"

아케론의 돌연한 물음에 레이나의 녹색 눈이 등잔만 하게 커지더니 이내 뺨까지 발그레해졌다. 그러나 싫지는 않은 눈치였다.

"미스터 포트워드 씨. 당신은 바람둥이로군요."

여자를 유혹하는 말치고는 너무 유치했다. 허나 유치할수록 여자에게는 잘 먹힌다는 사실을 아케론은 알고 있었다.

"사실을 말했을 뿐인데 바람둥이라니 억울하군요."

아케론이 어쭙잖게 어깨를 들썩였다.

그의 유치한 유혹이 싫지 않은 듯 레이나는 두 눈을 살짝 흘겼다.

"피잇. 뭐라 해도 당신은 바람둥이예요."

　　　　　*　　　*　　　*

창밖으로 푸른 하늘 아래 만년설이 덮인 높은 산맥이 보였다.

아름답기 그지없는 풍경이다.

그러나 그것은 실상(實像)이 아니라 허상이었다. 액정 유리창을 통해 보여 주는 가상 영상일 뿐.

"지겹군. 몇 시간째 같은 풍경뿐이잖아."

아케론은 유리창을 향해 리모컨을 쏘았다.

그러자 창밖 풍경이 바닷속으로 바뀌었다. 가상이지만 영상이 너무도 선명하여, 마치 열차가 바닷속을 통과하는 듯한 착각을 주었다.

'시민들 상대로 사기는 그만 치고 진짜를 보여 주지?'

아케론은 리모컨을 분해하여 선 몇 가닥을 끊어 버렸다. 그러자 액정 유리창에는 아무런 영상도 떠오르지 않았다. 진짜 창밖의 풍경이 보이는 것은 너무도 당연한 일.

"그래. 이게 진실 아닌가?"

아케론은 창밖 풍경을 보며 낮게 읊조렸다.

창밖에는 검붉은 땅과 먼지 가득한 잿빛 하늘 등, 어떤 생물도 살 수 없을 것 같은 그런 황폐한 풍경이 펼쳐졌다.

"아저씨. 저기가 어디예요?"

옆 좌석에 앉은 여자아이가 겁에 질린 목소리로 물었다. 아이에게는 어둡고 음습한 창밖 풍경이 무섭게 느껴졌던 모양이었다.

"창밖 말이냐?"

"예."

"우리가 살고 있는 땅이란다."

"땅에는 사람이 살지 않잖아요."

"이름이 뭐지?"

"모네예요."

"엄마는?"

"화장실에 갔어요."

아케론은 다정스럽게 모네의 머리를 만져 주었다.

"모네야. 땅에도 우리와 똑같은 사람이 살고 있단다."

"아니에요. 땅에는 범죄자들만 산다고 했어요."

"하하. 누가 그랬어?"

"선생님이요."

"나도 너만 했을 때는 그렇게 생각했다. 그러나 학교에서 가르치는 것이 모두 진실은 아니더구나. 아저씨가 나쁜 범죄자로 보이니?"

"아뇨. 아저씨는 천공 시민이 아니에요?"

"난 땅에서 사는 사람이다."

"……."

이 어린 나이에도 땅에서 사는 사람들을 괴물로 생각하고 있다. 다고매하신 연맹의 교육 프로그램 때문이다.

"모네야. 잘 들어라. 천공 도시에 사는 사람들과 똑같은 사람들이 땅에도 살고 있단다."

"저런 곳에서요?"

"응. 매우 힘들게 살아가고 있지. 하지만 네가 생각하는 것처럼 나쁜 죄인들만 사는 게 아니란다. 알겠지? 모네는 똑똑하니 아저씨 말을 믿을 거야. 그렇지?"

"네에."

모네는 커다란 눈망울을 끔벅이며 고개를 끄덕였다.

"손님. 창밖을 보는 것은 불법입니다. 어서 화면을 바꿔 주시지요."

다소 딱딱한 말투에 돌아보니 보안국 직원이 그를 내려다보고 있었다. 금테 안경을 쓴 재수 없게 생긴 녀석이었다. 아케론은 되레 역정을 냈다.

"고장 난 리모컨으로 어쩌란 말이오?"

아케론은 리모컨을 보안국 직원에게 들이밀었다.

"아. 그런 것입니까?"

"비싼 티켓을 팔았으면 이런 거나 똑바로 비치해 두시오. 아이들이 저런 풍경을 보면 어쩌겠소?"

"죄송합니다. 즉시 새것으로 교체해드리겠습니다."

"풋."

연맹 보안국 직원이 쩔쩔매는 모습을 보며 모네가 웃음을 터뜨렸다. 아케론은 귀여운 아이를 향해 눈을 찡긋해 주었다. 잠시 후, 모네의 엄마가 돌아오자 두 사람은 대화를 중단하였다.

"엄마, 이 아저씨가 놀아 주었어."

"고맙습니다. 미스터……."

"포트워드요."

"포트워드 씨."

아이의 엄마는 지적이고 교양이 있었다. 낯선 사람은 무조건 경계하는 게 일반적인데, 이 빌어먹을 세상에서는 인사를 할 줄 아는 것만으로도 품격을 갖춘 것이다.

아케론 또한 중절모를 만지며 예의를 갖췄다.

"별말씀을요."

새벽 두 시.

레닌그라드를 출발한 지 세 시간이 지났다. 통로에는 취침등이 들어와 있었고, 승객들은 거의 잠들어 있었다. 뒤쪽에서 젊은 사내가 다가와 옆에 앉았다.

반군 집행부에 소속된 요원 앤드류다.

"준비되었습니다."

"이제 일을 해야 할 시간인가?"

"예."

앤드류가 가방에서 작은 노트북을 꺼내 무릎 위에 올려놓았다.

삑.

노트북 전원이 들어오는 소리.

앤드류는 노트북에서 전선 한 가닥을 뽑아 코드에 꽂았다. 그러자 모니터에 오리엔탈 익스프레스 내부가 모두 비쳐졌다.

"보시죠."

아케론은 앤드류가 보여 주는 모든 객실을 유심히 관찰했다.

"로버트는 귀빈들만 타는 특실에 있을 겁니다."

특실 내부에는 뚱뚱한 백인이 뭔가를 열심히 먹어 대고 있었다. 아케론은 그를 보며 입가에 엷은 미소를 지었다.

"잘 있었나. 로버트."

앤드류가 물었다.

"이자가 맞습니까. 사령관님?"

"맞아. 이 돼지 놈은 그동안 살이 더 찐 것 같군."

특실 칸은 출입이 금지되어 있었고, 조종사와 승무원만이 비밀번호를 알고 있었다.

"특수 금속으로 제작되어 C—45 이상의 폭약이 있어야 부술 수 있습니다."

"문짝을 열려면 열차의 절반을 날리라는 얘기로군."

"폭약은 충분합니다. 염려 마십시오."

"그게 아니라."

아케론은 잠시 고민을 하다 같은 좌석에 탔던 모네와 엄마를 떠올렸다.

"아이와 선량한 시민까지 죽일 순 없잖아."

*　　　*　　　*

준서가 도착한 곳은 떡갈나무 숲 속이었다.

멀지 않은 곳에 커다란 강물이 흘렀고, 왼편에는 물거품이 눈처럼 하얗게 빛나고 있었다.

'처음에 왔던 곳이잖아. 이상하네. 진압군의 습격을 받아 폐허가 되다

시피 했었는데.'

　오솔길이 끝나는 지점에 고딕 양식의 장엄한 건물이 서 있었다. 하늘을 찌를 듯 서 있는 두 개의 첨탑, 넓은 채광창, 웅장한 대성당의 본체, 모든 것이 원래대로였다.

　준서는 그제야 깨달았다.

　'다른 공간이구나.'

　널따란 앞뜰을 지나 걸었다. 회랑을 지나 성당 내부로 들어갔다. 십자가 모양의 성당 내부도 여전했다. 정면에 조그만 첨두형 아치를 지나 커다란 제단까지 갔다. 아케론이 서재의 문을 열고 나올 것 같았지만 준서를 기다린 사람은 백발의 수도사 루치우스였다.

　"잘 계셨어요."

　"그래. 얘기는 들었다. 잘해냈더구나."

　"아니에요. 아케론은요?"

　"이리 오너라."

　루치우스는 준서를 제단 뒤로 데려갔다. 유리 상자 안의 유골은 스테인드글라스를 통해 들어오는 햇빛을 은은하게 받고 있었다.

　달라진 점은 제단에 아케론이 주 무기로 정해 준 군도가 박혀 있다는 것이었다.

　'뭐지?'

　루치우스의 표정이 무거워 물어보지 않았다.

　"이번 일로 연맹에 네 존재가 노출되었을 것이다."

　"네. 알고 있어요."

　"앞으로는 무기 없이 싸울 수 없을 거다. 그래서 이리 조치한 것이다.

이렇게 하면 네가 필요할 때, 언제든지 군도를 소환할 수 있다."

"정말요?"

"그럼, 정말이지."

"싸울 때 좀 불편하고 답답했어요. 군도만 있으면 마음껏 싸울 수 있을 거 같아요."

루치우스가 준서의 손을 잡았다.

"이 일은 대단히 위험하다. 어쩌면 아케론이 돌아오지 못할 수도 있어. 가서 아케론을 도와줄 수 있겠느냐."

준서 또한 주름진 루치우스의 손등에 손을 올렸다. 그리고 웃었다.

"그럼요. 저 수석 졸업이잖아요."

준서는 군사 학교에 갔을 때처럼 제단 위에 올라섰다.

군도는 그 옆에서 멋지게 빛나고 있었다.

"전과는 좀 다를 게다."

"어떻게요?"

"이젠 시간 여행에 익숙해져 이동 과정이 눈에 보일 것이야. 아마 새로운 경험이 될 터이니 그 느낌을 잘 간직하렴."

"예. 그럴게요."

버튼을 누르자 눈앞에 터널이 나타났다.

햇살이 한 번도 비춘 적이 없는, 동굴의 텅 빈 안쪽으로 이어진 것 같은 터널이었다. 준서는 그 터널 안으로 걸어 들어갔다. 터널은 잊혀진 꿈속 같기도 했고, 회오리치는 물결 같기도 했다.

바닥에 누군가가 남긴 발자국이 보였다.

그것은 철 지난 바닷가에 남겨진 것처럼 뚜렷했다.

'따라가야 하나?'

긴 터널의 끝에 서자 바람이 불었다.

문득, 모든 것이 이렇게 되게끔 결정지어져 있다는 생각이 들었다.

어떤 숙명이 이미 드리워져 있고, 그것을 깨뜨리는 건 부질없는 일 같았다.

'젠장, 어쩌겠어. 이미 가기로 한 거, 가는 수밖에.'

*　　*　　*

아케론과 앤드류는 승무원실, 문 옆 구석진 곳으로 숨어들었다.

물품들이 가득 쌓여 있어 몸을 숨기기엔 안성맞춤인 창고였다. 커튼 사이로 승무원실의 불빛이 새어나왔다. 커튼을 젖히고 안을 들여다보았다. 승무원실에는 아무도 없었다. 아케론이 약간 실망한 듯 어깨를 들썩였다.

"순찰 시간인가? 기다려야겠군."

앤드류는 몸을 벽에 기대고는 주머니에서 쪽지 한 장을 꺼냈다. 쪽지에는 소위 지도층 승객들의 사진과 명단이 인쇄되어 있었다. 그는 쪽지를 보며 코웃음을 쳤다.

"미안하지만 니들은 오늘 지옥으로 가야겠어."

그때, 통로 쪽에서 인기척이 들렸다.

누군가 이쪽으로 오는 것이다. 두 사람은 물품 뒤쪽 어둠 속으로 상체를 숨겼다.

"호호, 결혼이라니. 레이나는 너무 좋겠어."

"이번 근무만 마치면 한 달간 휴가잖아. 난 결혼보다 휴가가 좋은 거 같아. 일 년 동안 쉬질 못했잖아."

"무슨 소리야. 신랑이 천공 시민인데 결혼이 훨씬 중요하지."

"그러니?"

"당연하지, 얼마나 좋아. 천공 도시에서 살 수 있으니."

레이나의 음성이었다. 순찰을 마치고 돌아오는 모양이었다. 다른 목소리는 동료일 것이었다.

"잠자리는 해 본 거야?"

동료인 듯한 여승무원이 짓궂은 질문을 하자 레이나의 목소리 톤이 높아졌다.

"아냐!"

"솔직히 말해 봐."

"몰라. 어서 근무해. 샤워하고 눈 좀 붙일 거야."

"그럼. 이따가 얘기해 줄 거지?"

"알았어. 빨리 갔다 와."

"그래. 이따 봐."

승무원 객실의 문이 열리며 레이나가 들어오는 것이 보였다. 다소 지친 기색이었다. 그녀는 아무렇게나 옷을 벗어 던지고는 알몸으로 샤워실로 들어갔다. 몸이 개운해진 탓인지 그녀는 샤워를 하며 콧노래를 흥얼거렸다.

'당신에겐 미안하지만 좀 도와줘야겠어.'

쏴아아.

샤워실 문을 열자 물소리가 시원하게 들렸다. 아케론을 발견한 레이나가 깜짝 놀라 타월로 알몸을 가렸다.

"꺄악, 포트워드 씨!"

아케론은 밝게 웃으며 그녀의 관자놀이에 총구를 갖다 댔다.

"안녕하시오, 레이나 양. 인사할까요? 여긴 매그넘. 한 방이면 코끼리도 쓰러뜨리는 녀석이죠. 매그넘? 너도 인사해야지? 여기는 철도국 최고의 미녀 레이나 양."

아케론은 레이나와 매그넘 권총을 번갈아 보며 가벼운 농담을 던졌다.

"아……."

레이나의 몸을 감싸고 있던 타월이 그녀의 손에서 힘없이 빠져나갔다. 아케론은 그녀의 알몸을 보며 환호를 터뜨렸다.

"브라보!"

"당신은 나쁜 사람이었군요."

"그렇소."

"제발 쏘지 말아요. 일주일 후면 결혼식이에요. 정말 죽고 싶지 않아요."

"걱정 마시오. 아름다운 당신을 죽일 생각은 전혀 없으니 말이오. 다만 한 가지 당신의 도움이 필요하오만."

"뭔데요?"

"조종실 비밀번호를 말해 주겠소?"

겁에 질린 레이나는 순순히 비밀번호를 말해 주었다.

"KJ2008Q9FG8이에요."

"고맙구려. 하지만 잠시 실례."

아케론은 스프레이 향수 같은 걸 꺼내 레이나의 얼굴에 뿌렸다. 그것은 한 시간 정도 잠에 빠지는 수면 가스였다.

"아……."

레이나는 샤워실 바닥에 쓰러지고 말았다. 그녀가 잠들자 아케론은 가볍게 허리를 숙였다.

앤드류는 레이나가 가르쳐 준 비밀번호로 조종실 문을 열었다.

그는 능숙한 솜씨로 문을 열고 들어가 조종석에 앉아 있는 기관사의 머리에 총구를 겨누었다.

"기관사 양반. 서로 불필요한 소개는 집어치우자고."

모니터를 들여다보던 기관사의 손이 덜덜 떨렸다.

"그, 그러시죠."

"몇 가지 규칙을 정해 주겠어. 이 규칙만 잘 따르면 누구도 다치지 않겠지만 허튼짓하면 당신의 목숨은 물론, 승객들의 안전도 책임질 수 없는 거야."

"알겠습니다."

"일단 열차를 수동으로 전환해."

기관사는 시키는 대로 열차의 조종을 매뉴얼 모드로 전환했다. 아케론은 상황판의 전원을 켜고 객실을 모니터링했다.

새벽 열차의 객실은 전체적으로 평온했다.

기관사가 조심스럽게 말했다.

"730편은 현금 수송 열차가 아닙니다."

앤드류는 짧게 대답했다.

"알고 있어."

"그런데 왜?"

"우리가 바라는 건 현금이 아니야."

의외의 답변에 기관사는 어리둥절해했다.

"어떤……."

"돼지 놈의 목숨. 그거 하나면 충분해."

"네?"

"당신은 알 것 없으니 선로 상황판에 접속해."

"예."

조종사가 푸른 스위치를 올리자 오리엔탈 익스프레스의 운행 선로가 모니터 전면에 떠올랐다.

앤드류가 물었다.

"730편의 최종 종착지인 메트로 서울이 어디쯤이지?"

"여깁니다."

아케론이 모니터의 한 지점을 가리켰다.

"그럼 이 정도가 옴스크가 되겠군. 730편의 운행 방향을 변경하겠네. 이곳으로."

그곳은 현재 폭동으로 악명 높은 도시 옴스크(Omsk)였다. 기관사의 얼굴이 심하게 일그러졌다. 두려워하고 있다는 뜻.

"옴, 옴스크 말입니까?"

"맞아."

"옴스크에는…… 정차역이 없습니다만."

"옛날에 사용하던 선로가 아직 남아 있는 걸로 아는데."

"그렇다 하더라도 그 선로로 운행하는 것은 매우 위험한 일입니다."

"이유를 설명해 봐."

"오래도록 관리하지 않은 선로는 전기적 트러블이 발생할 수 있습니다. OTX는 약간의 전기적 트러블에도 고장 날 수 있기에 위험하다는 것입니다."

"상관없어."

"알겠습니다."

선로 변경을 확인한 앤드류가 헤드폰 마이크를 통해 명령을 내렸다.

"모든 요원들은 들어라. 지금 당장 승무원실로 집합한다."

잠시 후, 객실 곳곳에 승객으로 잠입해 있었던 반군 요원들이 승무원실로 모여들었다. 모두 17명이었다. 앤드류는 승객용 식료품 박스에서 미리 넣어 둔 기관단총을 꺼내 반군 요원들에게 나누어 주었다.

"목표는 특실에 있다. 사령관님이 놈을 제거하는 동안 우리는 엄호한다."

"예!"

"탈출 루트는 옴스크 시(市) 진입로에 있는 지하 터널이다. 보안국 기동 타격대 투입 예상 시간은 30분. 그 안에 목표를 제거하고 탈출한다. 기동 타격대가 투입되면 불리해진다는 걸 명심해라."

"예!"

앤드류가 아케론을 보며 말했다.

"사령관님. 준비되었습니다."

철컥. 아케론이 매그넘의 실린더를 뒤로 당겨 장전을 하며 앞장섰다.

"가자."

*   *   *

철도국 상황실.

대형 화면에 오리엔탈 익스프레스 730편의 노선도가 떠오르며 빨간 경광등이 요란하게 울렸다.

삐익. 삐익.

철도 직원들의 이목이 오리엔탈 익스프레스 730편으로 집중되었다.

"저게 갑자기 왜 저래?"

"뭐야. 노선을 이탈했잖아."

소파에 누워 잠을 자던 상황실장이 시끄러운 소리에 기지개를 켰다.

"하암. 무슨 일이야?"

"730편이 노선을 이탈했는데요?"

"기기 이상이야?"

"아닙니다. 기계적 이상 신호는 들어오질 않습니다."

"이상하군. 운행 노선이 자동 인식되어 있을 텐데."

"기관사가 매뉴얼로 바꾼 것 같습니다."

상황실장이 짜증 섞인 목소리로 말했다.

"내부 CCTV 연결해 봐."

"연결이 되질 않습니다. 아무래도 누군가 고의로 모니터를 끈 모양입니다."

"열적외선 카메라로 확인해."

"예."

대형 화면에 열차의 몸통이 적외선으로 투시되었다. 사람으로 추정되는 붉게 빛나는 물체가 조종실에서 열차 뒤 칸으로 이동하는 것이 보였다. 상황실장이 자세히 보기 위해 눈매를 가늘게 만들었다.

"저놈들 손에 든 거 총 아냐?"

"맞습니다. 아무래도 열차가 탈취당한 듯합니다."

그제야 놀란 듯 상황실장은 재빨리 승객을 체크했다.

"누가 타고 있지?"

"가장 큰 고객은 카길사의 로버트 지부장님이십니다."

"제길. 목 달아나게 생겼군. 빨리 보안과장님께 보고해!"

"예."

잠시 후, 금테 안경을 끼고 신경질적으로 생긴 백인 남자가 상황실 문을 박차고 들어왔다. 레닌그라드 보안과장 카잔스키였다. 상황실장과 철도 직원들이 그의 눈치를 보았다. 성질이 냉정하고 난폭하기로 유명했기 때문이었다. 상황을 점검하던 카잔스키의 입가가 기묘하게 일그러졌다.

"큭큭. 반군 놈들이로군. 대담한 놈들. 그러나 오늘은 잘못 걸렸다."

당황했다기보다는 오히려 건수 하나를 잡았다는 표정이었다.

"바꾼 선로의 방향이 어디지?"

"옴스크 시입니다."

"폭동 지역이로군."

"중앙 통제로 강제 정차시켜 보겠습니다."

상황실장의 제안을 카잔스키는 곧바로 묵살했다.

"아니지, 아니지. 그러면 건수가 되질 않잖아. 병력을 투입해서 전부 소탕을 해야 건수를 엮지. 안 그래?"

"특실에 카길사의 로버트 지부장님이 타고 계십니다만."

카잔스키는 그제야 열차를 탈취한 이유를 알았다는 듯 머리를 끄덕였다.

"호오. 그 양반이 목표로군. 우선 그 양반 객실에 에어 실드(air shield)를 쳐줘."

"알겠습니다."

카잔스키는 머리를 굴렸다.

어떤 놈이 이렇게 대담한 계획을 짰을까. 반군 지도부 중 거물급 인사가 분명한데, 누굴까. 혹시 아케론? 생각이 거기에 미치자 카잔스키는 은근히 욕심이 났다.

"상황실장."

"예, 과장님."

"R2를 투입해야겠어."

상황실장은 깜짝 놀라 되물었다.

"예? 기동 타격대가 아니라 R2를요?"

상황실장이 놀란 이유는 다름이 아니었다. R2는 피아 구분 없이 사람이면 모두 죽이도록 프로그래밍되어 있는 악명 높은 살인 병기였기 때문이었다.

"승객들까지 위험해집니다."

"상관없어. 승객 몇 명쯤 죽어도. 나는 저놈들을 잡아야겠거든."

"연맹 허가증이 필요한데요."

약간 짜증이 난 목소리로 카잔스키가 말했다.

"내가 허가를 해 주지."

그는 권총을 꺼내 상황실장의 가슴에 들이댔다.

"이거면 충분한가?"

"충, 충분합니다."

*　　*　　*

반군 일행은 아무런 제지 없이 특실까지 이동했다.

아케론과 앤드류는 문 앞에서 서로 수신호를 주고받았다.

'열겠습니다.'

'오케이.'

다른 요원들은 만일을 대비해서 특실 뒤쪽을 엄호했다.

앤드류가 기관사에게 알아낸 비밀번호를 입력하자 지─잉 하고 문이 옆으로 미끄러져 열렸다.

문 앞에는 경호원 하나가 의자에 앉아 신문을 읽고 있었는데, 문이 열리자 그는 신문을 접으며 고개를 들었다.

아마 승무원이라 생각했을 것이었다.

일반 승객이 특실까지 올 리는 없었으니까. 그러나 그의 눈에 들어온 건 문 앞에 서 있는 낯선 사내들이었다. 화장실을 잘못 찾은 승객이라 생각할 시간도 없었다.

"안녕들 하신가."

아케론의 총구가 자신을 향하고 있기 때문이었다. 경호원이 재빨리 품속으로 손을 넣었을 때였다.

"뭐 하는 놈들이야."

"내가 아케론일세."

탕.

총열을 빠져나온 탄환은 그대로 경호원의 이마에 작은 구멍을 냈다. 그는 눈을 부릅뜬 채 흥건하게 피로 젖은 뒷머리를 벽에 기대었다.

"크으."

아케론은 특실 안으로 들어가며 오른쪽을 향해 두 발을 발사했다.

탕. 탕.

"연맹 원로들이 그렇게 날 죽이고 싶어 한다더라고?"

놀라운 솜씨였다.

시야도 확보되지 않았고, 고개도 돌리지 않은 채였다. 그런데도 경호원들의 동선을 설계도라도 그린 듯 미리 알고 있었다.

"대체 왜 날 죽이고 싶어 하는 거래?"

"윽!"

총알은 객실 복도 안쪽에 서 있던 두 경호원의 관자놀이를 정확히 관통했다. 경호원이 뒤늦게 쏜 총알이 강화 처리된 유리창에 맞으며 팅 하는 소리를 냈다. 그 소리는 객실에 깔린 고적한 평정을 깨뜨렸다.

"적이다!"

복도 양쪽의 문이 덜컥하고 열렸다. 열린 문에서는 십여 명의 경호원들이 튀어나왔다.

"어이!"

앤드류가 코트 안쪽에서 기관단총을 꺼내 들었다.

"내가 격하게 반겨 주지. 하하."

동시에 기관단총에서 불이 뿜어져 나왔다.

드르륵.

기관단총은 객실 복도를 따라 길게 발사되었다.

문을 박차고 나왔던 경호원들은 반격해 볼 겨를도 없이 그대로 총알받이가 되었다.

"으아악!"

수십 발의 총알에 난사당한 채 팔다리를 흔들어대며 춤을 추듯 쓰러졌다. 사방으로 피와 살이 튀었고, 고풍스러운 객실 복도는 어느새 화약 냄새와 비명으로 가득했다.

"으아악."

총에 맞아 쓰러지던 경호원 하나가 객실 벽에 걸려 있던 장식용 청동 화로의 삼각대를 부러뜨렸다. 그러자 청동화로가 기울어지더니 요란한 소리를 내며 땅에 떨어졌고, 거기서 불꽃들이 사방으로 튀었다.

와장창.

엄청난 소음과 함께 복도에 널브러진 경호원들의 머리와 옷에 뜨거운 숯덩이들이 날아갔다.

"으아, 뜨거워!"

사방이 요란한 가운데도 아케론은 우아했다. 맹렬한 총질에서 탄창을 갈아 끼우는 것까지. 이 모든 것이 막힘없이 한 동작에 이루어졌고, 그것은 마치 춤의 한 동작처럼 하나의 선으로 연결되었다.

"흠, 이 화약 냄새. 끝내주는군."

쾅. 쾅.

이곳은 지옥이었다.

살인의 마에스트로가 만들어내는 지옥.

아케론이 지나치는 길마다 붉은 핏물이 낭자했다.

그러나 그는 표정 하나 변하지 않았다.

눈앞에서 벌어지는 지옥의 광경들을 관조하는 눈빛으로 탐색할 뿐이었다.

상황이 어느 정도 정리되자 특실 안은 조용해졌다.

승객들은 총소리에 놀라 객실 침대 밑에 처박혀 있을 것이었다.

뚜벅.

이어 아케론의 발자국 소리가 침묵을 깨뜨렸고, 그 소리는 로버트의 룸 앞에서 멎었다. 아케론은 거침없이 방문을 열어젖혔다. 방 안에는 로버트가 겁에 질려 앉아 있었다.

"어서 오십시오, 손님. 무얼 도와드릴까요?"

예쁘게 생긴 서빙 안드로이드가 두 손을 가지런히 모으며 인사를 했다.

아케론은 장난삼아 서빙 안드로이드의 엉덩이를 툭 쳤다.

"오, 몸매 죽이는데?"

서빙 안드로이드는 속도 없이 좋아라했다.

"몸매 죽인다고 해 주셔서 감사합니다. 손님, 무엇을 도와드릴까요?"

홋. 이 프로그램이 최선이냐.

"옆으로 비켜서 주면 고맙겠어. 그렇지 않으면 귀여운 네 대가리에 총구멍이 날 거야."

"그렇습니까? 제 대가리에 총구멍이 난다는 말씀이십니까? 예, 알겠습니다, 손님. 옆으로 비켜서겠습니다."

아케론은 피식하고 웃으며 로버트에게 물었다.

"어이, 로버트. 이 계집애 왜 이래? 프로그래밍이 이렇게밖에 안 되나? 널 죽이러 온 놈한테 지나치게 친절한데?"

로버트가 퍼렇게 질린 얼굴로 말을 더듬었다.

"아, 아케론."

"이여. 날 기억하는군. 이거 몸 둘 바를 모르겠어. 기억해 줘서 고맙다고 해야 하나?"

그리 말하며 자연스럽게 실린더를 뒤로 잡아당겼다. 그러자 매그넘이 철컥 소리를 내며 장전되었다. 로버트가 무릎을 꿇으며 목숨을 구걸했다.

"살려 주게. 날 살려 주면 연맹 몰래 회사 차원에서 반군을 지원하겠네."

"지랄하고 있네. 네가?"

거리는 2미터 남짓. 아케론은 로버트의 이마를 향해 거침없이 방아쇠를 당겼다.

"사기 치지 말고 테오 형이 보낸 선물이나 먹어. 이 개자식아."

탕!

요란한 소리를 내며 탄환이 총열을 빠져나갔다.

그러자 갑자기 공기에 파장이 생기며 날아가던 탄환이 허공에서 거짓말처럼 멈췄다.

아케론이 미간을 찌푸렸다.

"에어 실드?"

*　　*　　*

시간 여행자의 심정이 이럴까.

루치우스 사제의 말처럼 시간 여행을 하는 기분을 느낄 수 있었다.

처음 느낀 것은 속도였다.

어둠의 입자가 앞에서 뒤로 휙휙 지나가고 주위는 우주의 빛으로 충만해졌다. 가속이 되며 어둠의 입자와 빛이 손에 든 군도를 떨어뜨리려고 했다. 물론 기분일 것이다. 준서는 군도를 등에 차고 검집에 달린 끈을 허리에 단단하게 조였다.

어느 순간 속도가 늦춰지더니 눈앞에 성운(星雲) 같은 것이 나타났고, 몸이 그 안으로 빨려 들어갔다.

그리고 튕겨 나오듯 몸이 환한 빛 속에 노출되었는데, 추락하지는 않았다.

바람이 땅에서 공중으로 불어 몸을 받쳐주는 듯했다.

발아래를 내려다보니 어마어마하게 긴 열차가 빠르게 지나가고 있었다.

'저게 오리엔탈 익스프레스 730편인가?'

Chapter 9

잔혹 열차(殘酷列車)

에어 실드는 사람을 보호하기 위해 압축 공기로 만들어진 보호막이었다. 총기류에서 발사되는 탄환을 얇은 압축 공기가 겹겹이 감싸 붙잡는 형식으로, 현재까지 생산된 탄환은 이를 뚫지 못했다.

탄환은 로버트의 이마에서 30센티미터 떨어진 허공에 정지해 있었다. 그걸 본 로버트가 콧구멍을 벌름거리더니 큰 소리로 웃었다. 상황이 역전되었다고 판단한 것이다. 그는 의기양양하여 빈정거렸다.

"크하하. 보안국에서 벌써 조치를 한 모양이군. 이봐, 아케론. 어떡하지? 자네의 야심 찬 계획이 실패하게 생겼으니 말이야. 연방 감옥에서 평생을 썩겠구먼. 아아, 너무 걱정하진 말아. 내가 영치금하고 사식(私食)은 종종 넣어 줄 테니까 말이야. 혹시 깜박 잊더라도 너무 미워하진 말라고. 응? 크하하."

아케론은 아랑곳하지 않고 코트를 젖혀 허리에 찬 검을 천천히 빼 들었다. 그의 표정과 행동에선 여유로움이 묻어났다.

"……?"

"로버트. 난 너의 경박함이 참 좋아. 늘 긴장을 잃지 않게 해 주고, 영원히 복수심을 잊지 않게 해 주거든."

로버트는 계속 거들먹거렸다.

"왜. 무슨 좋은 수라도 생겼나?"

아케론은 검을 내려다보며 담담하게 말했다.

"에어 실드의 원리를 아나? 속도에 따라 저항력이 커지게끔 만들어져 있지. 즉, 총기류를 상대로만 그 효과가 발휘된다는 거야. 이런 원시적인 무기 앞에서는 그냥 비닐일 뿐이지."

아케론은 칼을 두어 번 휙휙 휘둘렀다.

그러자 에어 실드의 막이 정말 비닐처럼 흘러내렸다. 투명했지만, 빛의 굴절로 확인할 수 있었다. 에어 실드가 찢어지며 로버트의 얼굴이 일그러지게 보였다.

아케론은 그 사이로 손을 밀어 넣고는 총구를 겨누었다.

"다시 말해줄게. 마운틴—K 전투에서 죽은 내 형의 선물이다."

조금 전의 거만함은 어디로 갔는지, 로버트가 파리하게 질린 안색으로 두 팔을 휘저었다.

"아, 안 돼."

"안 돼? 안 되는 이유 세 가지만 말해 봐. 설득력 있게 날 감동시켜 보라고."

"내가 경박했다는 거, 인정하지. 아까도 말했지만 날 살려 주면 반군을 지원하겠네. 신선한 식량과……."

"신선한 식량?"

"그래. 쌀, 밀, 채소, 과일, 그리고 고기류. 뭐든 요구하라고. 응?"

아케론은 한참을 불쌍한 듯 쳐다보다가 방아쇠를 당겼다.

"됐어. 그냥 개밥 먹을게."

탕.

총알 한 개가 로버트의 가슴께에 박혔다. 그의 와이셔츠 위로 붉은
핏물이 점점이 번졌다.

"윽!"

"우리가 원하는 게 고작 먹을거리인 줄 아나?"

"하악. 그럼 원하는 걸 말해 봐. 다 들어 줄 테니, 제발."

"자유롭게 살 수 있는 권리, 우리에게 그걸 되돌려 줄 수 있나? 그런
힘이 있어? 너 따위가?"

"그, 그건."

"아무래도 안 되겠지?"

로버트는 마지막으로 반항을 했다.

"이 미친놈. 죽여 버리겠다. 아케로―온!"

탕. 탕. 탕. 탕.

아케론은 냉정하게 연속으로 방아쇠를 당겼다. 로버트의 가슴 부위
는 벌집이 되고 말았다.

"끄으윽."

"네가 죽인 사람들의 억울함을 느끼도록 해."

아케론은 고통스러워하는 로버트의 이마에 총구를 대고 방아쇠를 당

겠다. 좌석으로 검붉은 피가 튀었다. 로버트는 옆으로 쓰러졌고 좌석에는 브러시로 그린 것 같은 핏자국이 남았다. 아케론은 총에 튄 핏물을 그의 양복에 닦으며 낮게 읊조렸다.

"더러운 놈."

그때였다. 객실 밖에서 기관단총이 연사되는 요란한 소리가 들렸다. 동시에 앤드류가 객실로 뛰어들어 왔다.

"큰일입니다."

"보안 경찰이야?"

"아닙니다. R2입니다. 공간 이동시켜 R2를 투입했습니다."

"R2를?"

아케론은 믿기지 않아 고개를 저었다. R2는 대인 살상용 전투 로봇으로, 상대가 사람이면 피아(彼我) 구분 없이 닥치는 대로 죽이기 때문이었다.

"그럴 리가. 승객들이 있는데 R2를 투입했단 말이야?"

"예. 그래서 일단 특실 출입문은 차단했습니다. 한데, 열차 반대편에 있는 일반 승객들이 걱정입니다."

"흐음."

같은 좌석에 앉았던 모녀와 젊은 엄마가 떠올랐다. 그리고 승무원실에 두고 온 레이나도. 그냥 내버려 두면 R2는 모두를 죽이고 말 것이었다.

'어떤 미친놈이 R2를.'

꽝.

화가 난 아케론은 주먹으로 열차 벽을 쳤다.

"빌어먹을! 어린애들까지 있잖아!"

[아케론. 어디 계세요?]

준서로부터 연락이 온 것은 그때였다. 팔찌 송수신 모드에 불이 켜졌다.

"넌 어디냐."

[열차요. 오리엔탈 익스프레스 730편. 막 도착했어요.]

오지 말라고 했지만 이렇게 와 준 준서가 이토록 반가울 수가 없었다.

"오, 왔구나."

[어? 오지 말라더니 반가운 말투인데요?]

"반갑지. 상황이 그렇게 되었거든."

[미래의 열차는 이렇게 생겼구나. 어디 보자. 10호차 복도네요. 승무원실과 승객실 중간이요.]

"잘 들어라. 지금 연맹 보안국에서 R2라는 전투 로봇을 투입했다. 아군과 적을 구별치 않고 인간이면 무조건 죽이도록 프로그래밍된 살인 병기야."

[그래요?]

"무서운 놈들이지."

[목표는요?]

"제거했다. 연맹 고위층들이야 죽어 마땅하지만, 문제는 죄 없는 일반 승객들이다. 가능한 한 그 사람들을 구해야 한다."

[알았어요.]

"특히, 레이나라는 승무원과 모네라는 아이와 엄마는 꼭 구해야 한다. 이쪽에서도 치고 나갈 테니 넌 반대편에서 치고 나와라."

[그러죠.]

앤드류가 물었다.

"준서 학생이 혼자 감당할 수 있을까요?"

"군사 학교를 수석 졸업한 놈이야. 녀석이 최고의 전사가 되지 못하면 우리에게도 희망이 없다."

"그렇군요. 믿어야 되는군요."

"무조건."

준서는 아케론이 일러준 대로 승무원실을 찾아 문을 열었다. 샤워실 안에는 금발 여자가 알몸으로 잠들어 있었다. 레이나였다.

어이가 없었다. 뭐냐, 이 상황은.

인기척에 잠에서 깨어난 레이나가 알몸을 가리며 비명을 질렀다.

"꺅, 누구예요?"

"당신 이름이 레이나예요?"

"그, 그런데요."

"잘 때 전부 벗어야 하는 그런 취향이신가?"

레이나는 횡설수설했다.

"그게 아니라, 내가 샤워를 하고 있었는데, 포트워드 씨가 갑자기 문을 열더니, 내 몸을 훔쳐보고는 갑자기 수면 가스를 빵. 그래서 이렇게 철퍼덕된 거예요."

레이나의 말은 조리가 없고 행동은 부산했다. 물론, 귀여운 면은 있었지만.

준서는 심드렁하게 반응했다.

"뭐라는 건지."

"내 말은……."

준서가 그녀의 말을 잘랐다.

"그러니까 아케론이 샤워실 문을 열고 당신 알몸을 보자마자 수면 가스총을 쏴 버렸다는 말이잖아요. 풋, 좀 심하긴 했지만 이렇게 보니 이해는 되네요."

"뭐라고요? 내 몸매가 어때서요? 이 정도면 어디 가서 안 빠지지, 얼굴은 몸매보다 더 예쁘지."

뭐래? 준서는 목욕 가운을 던져 주었다.

"됐어요. 우선 이거라도 걸쳐요. 민폐 끼치지 말고."

레이나는 준서가 던져준 목욕 가운을 입으며 투덜거렸다.

"민폐라니. 옷도 후지게 입고서는. 그쪽은 2400년도 우체부 아저씨 같은걸?"

쿨럭. 2400년도라니. 2013년에서 왔다고 하면 기절하겠군.

"우리 학교 교복 괜찮은데."

"괜찮기는 뭐가 괜찮아요."

"알았어요. 몸매 얼굴 다 아주 훌륭해요. 됐어요? 그리고 나 입씨름할 시간 없어요. 아케론이 구해 주라고 시켜서 왔으니까 따지려면 나중에 그 아저씨한테 따지든가."

"흥. 수면 가스총 쏠 때는 언제고 구해 주래?"

"그러니까 직접 따지시라고요."

"따지기만 해? 보안국에 고발할 테니 두고 봐."

"암튼 여기 꼼짝 말고 있어요. R2인가 뭔가 하는 안드로이드가 난입했다니깐."

R2란 말이 나오자 그토록 시끄럽던 레이나의 입이 닫혔다. 그리고 그녀의 입술은 새파랗게 질렸다.

"……."

R2가 그렇게 무서운가?

"우린, 우린 다 죽을 거야. 어떡해. 아……."

준서는 시끄러운 레이나를 승무원실에 놔두고 일반 객실로 들어갔다. 좌석은 승객들로 꽉 차 있는데, 숨소리 하나 들리지 않았다. 다들 겁에 질려 입도 벙긋 못 하는 눈치였다. 준서는 객실 복도를 걸어가며 사람들을 구경했다.

'이것이 미래 열차? 그리고 미래 사람들?'

그들이라고 별다른 건 없었다.

생김새도 복장도 세련됨의 차이는 분명 있으나 다양성은 없었다. 뭐랄까, 파시즘 같은 전체주의 사회 속에서 살고 있는 듯한 느낌?

좌석 밑으로 몸을 숨기고 있던 승객 중 몇몇이 준서를 힐끔거렸다.

교복을 입고 등 뒤로 군도를 덜렁 차고 있으니 이상할 것이었다.

'쩝. 나도 이상하네요. 그런 눈으로 보지 마시길.'

모네를 찾는 건 어렵지 않았다. 어린 소녀는 달랑 모네 혼자였기 때문이었다. 준서는 모네가 앉아 있는 좌석에 가서 물었다.

"네가 모네니?"

"네, 오빠."

"저쪽 객실에 R2가 있어서 무섭니?"

모네는 앙증맞게 머리를 끄덕였다.

"R2는 나쁜 로봇이에요. 우리를 다 죽일 거래요."

준서는 주먹으로 가슴을 툭툭 치며 한쪽 눈을 찡긋했다.

"걱정 마. 오빠가 구해 줄게."

"정말요? 오빠는 나쁜 로봇을 이길 수 있어요?"

"물론이지."

준서가 모네의 엄마에게 말했다.

"딸을 데리고 승무원실에 가서 레이나를 찾으세요. 같이 있으면 안전할 거예요."

"감사해요. 저…… 어디서 온 분인지."

"저요? 아주 먼 과거에서 왔어요. 잘 모르실 거예요. 2013년이라고."

"네에?"

그녀의 놀란 눈을 뒤로한 채 준서가 일어나서 특실 쪽으로 가려 할 때였다. 누군가가 뒤에서 준서를 불렀다.

"저기요."

왼쪽 어깨만 젖혀 뒤를 돌아보았다. 객실에 있는 사람들 모두가 자신을 바라보고 있었다. 시선이 따갑게 느껴질 정도였다.

그가 말했다.

"우리도 살 수 있는 겁니까?"

그 질문을 듣는 순간, 사람들의 시선에 무게감이 더해졌다. 이 사람들, 나한테 목숨을 맡기고 있어. 이 중압감은 대체 뭐지? 마음 같아서는 '당신들 세상은 당신들이 책임져야 하는 거 아냐?'라고 말하고 싶었다. 그러나 차마 입이 떨어지질 않았다.

"나도 자신은 못 합니다."

"⋯⋯."

"허나, 당신들 태도는 문제가 있군요. 그렇게 멍하니 있지 말고 아무거나 들고 싸우세요. 앉아서 죽을 생각이 아니라면."

덜컹.

객실 문을 열자 비릿한 피 냄새가 콧속으로 훅 들어왔다.

탁 하고 문이 닫히는 소리는 꼭 현실과 단절되는 소리 같았다.

'기분 더럽군.'

"으아악!"

객실 안에는 수십 대의 R2가 사람들을 도륙하고 있었다. 정확히 말하자면 R2는 안드로이드가 아니었다. 타원형 머리통에 새까만 눈동자, 기계 관절로 연결된 팔다리. 그리고 무게 중심을 아래쪽에 두기 위해 일부러 두껍게 만든 발, 지능 제로.

말 그대로 기계 몸체를 지닌 전투 로봇이었다.

R2의 전투력은 양팔에 기인했다.

왼팔에는 기관총이, 오른팔에는 원추형 드릴이 장착되어 있었다. 제작 의도는 분명했다. 기관총은 원거리용으로, 드릴은 근접전용으로 만든 것이리라.

눈앞에 벌어지는 광경은 참혹했다.

"으아악!"

위이잉. 드르륵. 위이잉. 드르륵.

R2는 도망치려는 사람들에게는 총질을 하고 좌석에 앉은 사람들에

게는 드릴로 몸에 구멍을 내고 있었다.

그때였다. R2 한 대가 새로운 먹잇감을 발견한 듯 새까만 눈동자로 준서를 돌아보았다. 이어 준서의 얼굴에 빨간 점이 찍히더니 기계음이 반복해서 울렸다.

"6시 방향. 적 출현. 제거하라. 제거하라."

우웅. 철컥. 우웅. 철컥.

R2들의 왼팔에 달린 기관총이 요란한 소리를 내며 장전되었다. R2들의 움직임을 지켜보던 준서는 천천히 군도를 빼 들었다.

스릉.

그리고 천연덕스럽게 말했다.

"이것들 다 고철로 만들면 돈이 얼마일까. 이 동네에 고철상 없나? 있으면 그 아저씨 오늘 대박인데."

"……."

당연하게도 R2에게선 아무 반응도 없었다.

"허. 얘네, 유머도 모르네? 인생 팍팍하게."

준서는 군도를 내밀며 중단 자세를 취했다.

"자, 시작해 볼까?"

객차 복도가 좁은 건 오히려 다행이었다.

저 많은 수가 사방에서 달려든다면 감당하기 힘들 테니까.

"킬!"

한 R2가 짧게 소리치자, 다른 R2들이 하던 짓을 멈추고 기관총을 겨냥했다.

준서는 코웃음을 쳤다.

"흥. 그런 걸로 될까?"

드르륵. 드르륵.

총구에서 십자 형태의 불꽃이 일었다.

준서는 아케론에게 배운 대로 군도를 휘저어 기(氣)로 된 보호막을 형성했다. 총알이 1미터 앞에 형성된 보호막에 맞고 이리저리로 튀었다.

팅. 팅. 팅. 팅.

준서는 미간을 찌푸렸다.

"안 된다니까 말귀를 못 알아듣는군."

위이잉.

복도 앞에 선 놈이 제일 먼저 드릴로 준서의 복부를 향해 찔러 들어왔다.

"킬!"

꽉. 준서는 군도를 강하게 틀어쥐었다.

"내가 원하던 바다."

패액!

군도를 휘둘러 드릴로 치고 들어오는 R2의 기계 팔을 단칼에 날려 버렸다. 잘린 기계 팔이 세차게 날아가 짐 놓는 선반에 부딪쳤다. R2가 중심을 잃고 좌석 손잡이에 기대는 순간, 준서는 놓치지 않고 놈의 드릴을 군도의 손잡이로 강하게 찍어 눌렀다. 그러자 금속이 부러지는 소리가 우지직, 하고 들렸다.

준서는 씩 하고 웃었다.

"널 어떻게 해 줘야 하니."

생각하긴 뭘 생각해. 엄마를 죽인 놈들, 최소한 그 자식의 명령을 따르는 놈들인데…… 생각할 것이 없었다.

준서는 군도로 놈의 머리통을 내리쳐버렸다.

콰직!

뭔가 심하게 바스러지는 듯한 타격감이 손바닥에 느껴졌다. 기분 나쁜 감촉이었다. 놈은 머리통이 부서진 상태로 계속 공격하려고 허우적거렸다.

"전방에 방해 물체. 제거하라."

그러자 방해가 된다고 판단한 듯 뒤에 있던 R2가 드릴로 놈의 몸체를 뚫어 버렸다.

가가가각.

기가 막혀서 혀를 내둘렀다.

"나 참. 이 새끼들은 동료 의식도 없네."

부—욱.

군도를 아래로 내리쳐 두 번째 놈의 머리통을 후려쳤다.

부서진 머리통에서 쏟아져 나온 검은 액체가 차창에 뿌려질 때쯤, 다른 놈이 좌석을 넘어오려고 발을 내밀었다.

"아서라."

준서는 몸을 빙글 돌리며 군도를 휘둘렀다.

잘 벼려진 칼날은 놈의 발목을 날려 버렸다. 그 바람에 놈이 발을 헛디디며 앞으로 거꾸러졌다. 절단된 발목에서는 이전과 같이 검은 액체가 펌프질하듯 뿜어져 나왔고, 잘린 발이 혼자서 꿈틀거렸다.

"생명력은 끝내주네."

위이잉. 철컥. 위이잉. 철컥.

이번에는 R2 서너 놈이 한꺼번에 드릴을 내질렀다. 재빨리 피했으나 그중 한 놈의 드릴이 옆구리를 스치고 지나갔다. 옆구리에 아릿한 통증이 느껴졌다. 입에서 욕설이 저절로 터져 나왔다.

"이런 젠장."

준서는 몇 걸음 뒤로 물러나 문을 등지고 섰다.

이렇게 하면 R2의 전체 숫자가 아무리 많을지라도 직접 공격해 올 수 있는 숫자는 고작 두셋에 불과할 테니 말이다. 그 동작은 반사적이고 자연스러웠다. 마치 많은 적을 상대로 싸우는 방법을 예전부터 알고 있었던 것처럼.

준서는 교복 상의를 벗어 왼손에 감았다.

"덤벼. 이 새끼들아."

위이잉. 위이잉.

"킬!"

한 대가 먼저 드릴을 휘두르는데 그 공격이 너무 직선적이라 준서는 물러서지 않고도 피할 수 있었다.

"킬? 미안하지만 그 정도에는 죽어 줄 수가 없는데."

심장을 노리고 들어오는 드릴을 교복 상의로 감아쥐며 손잡이로 놈의 눈깔을 찍어 눌렀다. 눈깔을 가격당한 놈이 잠시 주춤했고, 준서는 그 틈을 놓치지 않고 군도를 내리쳐 놈의 머리통을 사선으로 베었다.

퍼—억.

무언가가 데굴데굴 굴러떨어졌다. 그건 놈의 기계 눈깔이었다. 준서는 어느 순간 자신이 광기에 젖어 있음을 깨달았다. 그건 행동으로 드러났는데, 놈의 기계 눈깔을 발로 밟아버린 것이었다.

우직.

그래. 오늘 제대로 미쳐보자. 준서는 군도를 미친 듯이 휘두르며 외쳤다.

"한두 놈씩 오니까 귀찮다. 한꺼번에 와라, 이 고철 덩어리들아!"

지옥이었다.

부수거나, 혹은 죽거나 두 선택지밖에 없었으므로 이 열차 안은 말 그대로의 지옥이었다. 어떠한 이유나 아무런 목적도 갖지 않는, 오로지 생존만을 위한 싸움. 그건 살인 병기인 R2들도 마찬가지였다. 그들은 목표를 제거하지 않으면 절대 멈추지 않는 프로그래밍에 따라 움직이고 있었다.

"킬!"

R2들은 '그저 죽여!'라고 외칠 뿐이었다. 놈들이 뭐라 외치든 상관없었다. 이곳에서는 살아남는 것만이 오로지 미덕일 테니까.

이 싸움의 끝은 분명하다. 한쪽은 살고 한쪽은 죽는다.

"킬!"

또 한 놈이 뛰어 올랐다.

준서는 자연스럽게 군도를 휘둘렀다. 횡으로 휘두른 군도는 여지없이 놈의 양쪽 정강이를 절단 냈다. 기세 좋게 솟구친 놈의 드릴은 허망하게 공기만 베었을 뿐이었다. 정강이가 잘려 버린 탓에 놈은 무릎으로 착지할 수밖에 없었다.

쿵.

착각이겠지만 놈의 기계 눈빛이 흔들리는 것처럼 보였다.

놈이 로봇이 아니라 사람이라면 아마도 준서가 살인마처럼 보였을 것이었다. 놈의 눈빛은 간절하게 삶을 구걸하는 것 같았다. 그렇지만, 준서의 반응은 냉담할 뿐이었다.

"흥. 기계 눈깔에 영혼이라도 담아 보려고? 필요 없어. 개자식아."

패액!

군도를 놈의 정수리를 향해 힘껏 내리쳐 버렸다. 그리고 비릿하게 웃었다.

"후후. 이 정도 되면 서로 전력을 다해야겠지?"

*   *   *

아케론 쪽 상황은 좋질 않았다.

반군 요원들이 최선을 다해 버렸지만 한계가 있었다. 숫자로 밀고 들어오는 R2들을 당해낼 도리가 없었던 것이다.

R2들은 문을 부수고 객차 안으로 난입했다.

"킬!"

드르륵. 드르륵.

R2들의 기관총에서 불꽃이 일었다.

"사격!"

드르륵. 드르륵.

반군 요원들도 좌석 뒤에 엄폐하여 대응 사격을 했다.

탕. 탕.

반군 요원들은 조를 나누어 일부는 객실로 난입한 놈들을, 나머지 일부는 막 진입하려는 놈들을 상대했다.

그러나 불리한 싸움이었다.

망가지면 그뿐인 R2와는 달리 이쪽은 목숨을 걸어야 했기에.

"윽!"

결국 희생자가 하나둘씩 생기며 반군 요원들은 조금씩 뒤로 물러났다. 아케론이 객실 문을 열고 부하들을 불러들였다.

"개죽음당할 필요 없다. 모두들 들어와!"

앤드류가 사태를 심각하게 보았다.

"안 되겠습니다. 사령관님 먼저 피하세요. 여기는 우리가 막겠습니다."

하지만 아케론은 단호히 거절했다.

"무조건 같이 간다."

"사령관님을 잃으면 우리는 끝입니다."

"닥쳐!"

"……."

"기사 수련생들을 구하지 못한 것도 한이 맺히는데, 너희마저 버릴 순 없어."

격렬한 총격선에 아케론과 앤드류는 지칠 대로 지치고 말았다.

두 사람은 문에 기댄 채 주저앉았다. 땀으로 목욕을 한 것처럼 두 사람은 머리에서 발끝까지 젖어 있었다.

"하아, 젠장. 밖이었더라면 이렇게 당하진 않을 텐데."

입에서는 철분 냄새가 역하게 올라오고, 손마디는 매그넘을 들고 있을 힘마저도 없었다.

"당연하죠."

"많이도 왔다."

"그러게 말입니다."

"보안과장이 어떤 놈인지, 완전히 또라이 중 또라이군."

"도저히 안 되겠습니다. 타임 게이트를 열겠습니다. 사령관님은 어서 피하십시오."

"다 데려간다."

"불가능합니다. 이 인원이 다 빠져나가려면 타임 게이트가 최소한 1분은 열려 있어야 합니다. 그동안 한 놈이라도 딸려 들어오면 대성당의 위치가 노출되고 맙니다."

"그러면 지하 터널까지 버텨야지."

아케론 일행은 꼼짝없이 객실에 갇힌 신세였다. 이제 타임 게이트를 열어 탈출하기도 어려웠다. R2들이 너무 근접했던 것이다.

위이잉. 가가가각.

R2들이 드릴로 문짝을 부수기 시작했다. 머지않아 객실 안까지 쳐들어올 것이었다.

아케론은 부하들의 면면을 살펴보았다. 이 중에서 죽어도 되는 자는 아무도 없다.

"실수야. R2를 투입하리라고는 예상치 못했어."

"아닙니다, 사령관님."

"나 혼자 빠져나갈 수 없는 이유는 또 있다. 반대편에 준서가 있기 때문이다. 잠재력을 높이 평가하지만 내 판단이 옳다는 보장도 없다. 만약, 그렇다면 애꿎은 친구를 끌어들인 것이겠지."

"저 친구가 그분과는 관련이 없을 수도 있다는, 그런 말씀입니까?"

"글쎄다. 아직은 모를 일이지."

아케론은 매그넘을 꺼내 들었다. 마지막 저항이 될 것 같았다.

"아니더라도 책임은 내게 있다."

놈들은 멈출 기색이 없었다. R2가 문틈 사이로 머리를 들이밀자마자 가차 없이 방아쇠를 당겼다.

탕.

총알은 R2의 머리통 절반을 날려 버렸다. 그렇게 한 놈이 쓰러졌다. 그러면 다른 한 놈이 또 다가왔다. 그것의 반복. 총알을 허비할 때까지 놈들은 망령처럼 끈덕지게 달려들었다.

"제기랄. 지독한 놈들이네."

아케론은 한 발 한 발 쏠 때마다 남은 숫자를 셌다.

……일곱, 여섯, 그리고 다섯.

*   *   *

쨍그랑.

깡마르고 시커멓게 생긴 한 놈이 음식 카트를 쓰러뜨리며 달려왔다. 군도가 허공을 갈랐고, 퉁. 잘려나간 머리가 바닥에 떨어졌다. 절단된 목에서는 파란 스파크가 일었다.

준서의 몸이 붕, 하고 공중에 떠올랐다.

이 층에서 내려오던 놈의 드릴이 허공을 찔렀다. 준서는 옆으로 사뿐히 내려서며 음식 카트에 있던 촛대를 들어 놈의 파워 서플라이에 박아 버렸다. 목에 뚫린 구멍에서 흘러나온 검은 액체가 촛대를 타고 떨어졌다.

아무 생각이 나질 않았다.

이 공간에는 군도와 일체가 된 자신과 베어 버려야 할 R2들만이 존재했다. 그 사실은 눈을 감고도 싸울 수 있을 만큼 선명하게 뇌리에 각인되었다.

부수고, 자르고, 베고, 찌르고, 금속 조각과 검은 기름이 튀는 대살상의 현장에서 정신이 온전하다면 사람이 아닐 것이었다.

그러나 준서가 그러했다.

준서의 눈에 R2들은 아득한 의식의 저편에 있는 환영처럼 보였다.

이때부터는 눈으로 보고 싸우는 게 아니었다.

또 다른 감각.

사람이 일반적으로 가지고 있는 감각이 아닌, 또 다른 감각이 지금의 싸움을 이끌고 있었다. 준서는 그 감각에 몸을 맡기고 군도를 휘둘렀다.

대체 몇 놈이나 부순 걸까. 부서져 널브러진 R2가 50대도 넘어 보였다. 잘린 머리통, 기계 팔, 기계 다리, 몸통, 자잘한 부속품들. 그것들이 수북이 쌓여 열차 안은 폐차 처리장을 떠오르게 했다.

막 찌그러진 폐차 위로 처절한 비명 소리가 흘러나오는 것 같았다.

준서는 붉은 이빨을 드러내며 씩, 하고 웃었다.

"후후."

＊　　　＊　　　＊

철컥.

마지막 한 발이 장전되었다. 아케론은 생각했다. 젠장, 이게 끝인가. 놈들의 드릴이 심장과 배를 찌르고 들어올 것을 생각하자 기분이 썩 좋지 않았다.

"후후. 이 몸을 네놈들 손에 맡길 순 없지."

덜컹.

문이 열렸다. 아케론과 앤드류는 동시에 총구를 문쪽으로 겨냥했다. 그러다가 재빨리 손을 거뒀다. 그곳에 준서가 서 있었기 때문이었다.

"……준서야."

검은 액체에 젖은 채 군도를 들고 서 있는 준서의 모습은 마치 처형자를 보는 듯했다. 준서가 광기 어린 눈빛을 발산하며 물었다.

"이게 끝이에요? 더 없어요?"

아케론이 준서 뒤쪽으로 쌓인 R2의 잔해들을 보며 대답했다.

"어……없는 거 같다."

"고작 이 쪽수로 덤벼? 개새끼들이 뒤지려고."

'네가 다 해치운 거냐?'라고 물으려는 순간, 준서가 푹, 하고 거꾸러졌다.

"준서야!"

아케론은 준서를 안아 열차 바닥에 눕힌 후, 무릎에 머리를 괴어 주었다. 폭발했던 긴장이 풀린 탓인지 몸에서 고열이 나고 식은땀이 흘렀다. 앤드류가 준서의 몸에 서둘러 타월을 덮어 체온이 저하되는 것을 막았다.

준서가 동공이 풀려 게슴츠레해진 눈으로 아케론을 불렀다.

"아케론."

"말해라."

"저 새끼들이 엄마를 죽인 거 맞죠?"

준서는 비몽사몽 간에 지껄였다. 광기에 젖어…….

"그렇죠?"

*   *   *

버지니아 주 서쪽 블루리지 산맥 능선을 따라 구불구불 이어진, 길이만 105마일에 달하는 이 길은 북미 연맹의 수도인 네오워싱턴 DC의 스카이라인에 직접 연결되어 있었다. 은색 자기 부상 자동차 한 대가 천천히 그 길을 달렸다.

차 뒷좌석에는 백발의 노인이 창밖을 무심히 바라보고 있었는데, 노인이 바라보는 것은 1,852에이커에 달하는 장대한 규모의 새난 도어 국립공원이 있던 자리였다.

한때는 산림이 70퍼센트를 이루었던 버지니아 주.

그중에서도 가장 아름다운 풍광을 자랑하던 새난 도어 국립공원.

그 아름답던 국립공원도 지금은 풀 한 포기 자라지 않는 불모의 땅이 되고 말았다. 흉물스러운 검붉은 땅을 보며 노인은 한숨을 내쉬었다.

'이건 형벌이야.'

노인의 이름은 알베르토. 연맹 내 온건파를 이끌어 온 원로회의 수장

이었다.

조수석에 탄 수석 보좌관이 말했다.

"의장님, 인과율 조정 위원회에서 예측 자료를 보냈습니다."

"얼마나 증가한다고 하던가."

"대략적인 추산으로 네오서울만 1억 명이랍니다."

약 오백 년이란 시간을 고려한다면, 오히려 적은 증가율로 볼 수 있었다.

"심각하군."

"폭동이 일어날 테니 네오서울은 사전 조치가 필요할 듯합니다."

백발의 노인 알베르토가 돌연 화제를 돌렸다.

"자네, 새난 도어 국립공원의 사진을 본 적 있나?"

"내셔널 지오그래픽에서 봤습니다."

"아름답지?"

"아, 예. 그렇더군요."

"4대 곡물 메이저들이 증산(增産)만 해 준다면, 12사제단과 합의점을 찾아볼 텐데."

"그걸로 우리의 목줄을 쥐고 있는데 그리할는지요. 오염된 바다에 버리는 한이 있어도 결코 증산을 하진 않을 겁니다."

"그러하겠지."

뚜우. 뚜우. 전화벨이 급하게 울렸다.

스피커에서 여자의 음성이 정중한 톤으로 흘러나왔다.

[의장님, 4대 곡물 메이저에서 긴급회의 소집을 요구했습니다. 장소는 연맹 타워 콘퍼런스 실(室)입니다.]

"무슨 일로?"

[로버트 지사장이 암살당했답니다.]

알베르토가 예상했다는 듯 고개를 두어 번 끄덕였다.

"탐욕스러운 인간. 결국 그렇게 되는군."

＊　　　＊　　　＊

초고층 빌딩이 주황색 구름 사이로 솟아올라 스카이라인을 형성하는 천공 도시. 그 위로 떠오른 태양은 짙은 스모그와 오염된 공기 때문에 흐릿하게 보였다.

조도(照度, 단위 면적이 단위 시간에 받는 빛의 양)를 맞추기 위해 세워진 에너지 탑에서는 인공 햇볕을 강하게 쏟아냈다. 그 탓에 하늘에는 마치 십수 개의 태양이 떠 있는 것처럼 보였다.

천공 도시의 정중앙.

250층 높이의 콘퍼런스 타워 회의장.

의장 톰스킨과 연맹 지도부 통합군 사령관 제럴드, 보안 사령관 코번, 정보부장 체호프, 진압군단장 호머, 공안 경찰 국장 윌리엄, 테러 분과장 제임스, 인과율 조정 위원장 제이슨, 4대 곡물 메이저 회장 안톤. 그리고 원로 대표로 알베르토가 참석했다.

이 중에서 알베르토와 연맹 지도부 몇몇만이 온건파고, 나머지는 강경파에 해당하는 인물들이었다.

안톤 회장이 말했다.

"나는 이번 사태를 심각하게 보고 있소. 인과율 조정 위원회의 보고서에 따르면, 이번 건으로 증가될 인구가 대략 1억 명이라 하오. 지속적으로 재난 프로젝트가 실패하여 인구수가 폭발하게 되면, 반군은 폭동을 조장하여 곡물 허브를 장악하려고 할 것이오. 이번 사태가 발생한 장소는 네오서울. 가장 큰 곡물 허브 도시요. 최대의 곡물 허브 도시가 반군 손에 넘어가면 어찌 될 것 같소. 천공 도시로 공급되는 물량은 당장 끊어지고 말 것이고, 아시아 사람들의 절반이 굶어 죽게 될 것이오."

알베르토는 속으로 뇌까렸다.

'사람들을 걱정하는 게 아니라 매출을 걱정하는 거겠지.'

안톤 회장이 말을 이었다.

"이 사태를 어떻게 해결할 건지, 그것을 묻기 위해 회의를 소집한 것이오."

인과율 조정 위원장 제이슨이 그에게 사과했다.

"죄송합니다. 사고를 대체하였습니다만, 갑자기 방해자가 생기는 바람에."

의장 톰스킨이 제이슨에게 물었다.

"방해자라. 연도하고 신상은 파악되었나?"

"예."

단순한 성격의 보안 사령관 코번이 과격하게 나왔다.

"신상 파악되었으면 확 밀어 버리죠."

"인과율을 무시하면 문제가 커집니다."

정보부장 체호프가 사태의 책임을 진압군에게 전가했다.

"스파이를 잠입시켜 반군 지도부의 은신처와 군사 학교를 분쇄한 건 좋았지만, 대성당에 비치된 성물을 탈취하는 데엔 실패했습니다. 그러니 냉정히 볼 때 이번 작전은 절반의 성공이라 보면 되겠습니다."

체호프의 발언에 진압군단장 호머가 발끈했다.

"우리가 실패했다는 건가?"

"절반의 실패죠."

"뭐야! 어이, 정보부장. 지금 우리 군단을 무시하는 거야?"

"사실만 말씀드리는 겁니다."

의장 톰스킨이 호머를 제지했다.

"흥분하지 말고 앉게."

"젠장. 그까짓 성물이 무슨 문제가 된다고."

알베르토가 처음으로 입을 연 것은 그때였다.

"반군에게 있어서 성물의 의미는 크다네. 그들이 말하는 세인트 존(john)이 올 거라 믿기 때문일 걸세."

"세인트 존요?"

의장 톰스킨의 물음에 정보부장 체호프가 답변했다.

"미래의 반군 지도자를 뜻합니다. 그가 오면 항전에서 승리하리라 믿고 있죠."

"정보부는 알고 있지 않나? 그 결과 말이야."

"알고 있습니다."

"말해 보게."

"시뮬레이션을 통해 여러 가지 결론이 나왔습니다만, 대부분 우리 연맹의 승리로 끝났습니다. 다만, 세인트 존이 반군 지도자일 때에는 우리가 패배했습니다. 유일한 결과입니다."

"그 세인트 존이 누군가?"

"아직은 모릅니다. 성물을 입수하여 유전자 트리를 분석해야 알 수 있을 것 같습니다."

의장 톰스킨이 턱수염을 쓸었다.

"그래서 성물이 중요하다는 거로군."

"그렇습니다. 우리가 이번 사태를 심각하게 보는 건 세인트 존의 흔적이 발견되었기 때문입니다. 여기를 보시죠."

정보부장 체호프가 보여 준 것은 금빛 총알이었다.

"이것이 로버트 지사장을 죽일 때 아케론이 사용한 총알입니다. 여기에 새겨진 글자가 보이십니까?"

총알 옆면에는 세인트의 심장이란 글자가 새겨져 있었다.

"보이네."

"우리 정보부는 12사제단이 세인트 존의 혈족을 찾은 것으로 추측하고 있습니다."

의장 톰스킨이 목을 쭉 뺐다.

"찾았다고?"

"이번에는 오리엔탈 익스프레스 730편 CCTV에 잡힌 영상을 보여드리겠습니다."

대형 스크린에는 열차 안에서의 전투가 생생하게 담겨져 있었다.

아케론 일행도 있었지만 연맹 수뇌부의 이목을 끈 것은 준서였다. 재생이 끝나자 회의장엔 무거운 침묵이 흘렀다. 준서가 혼자서 R2 전부를 처치하는 모습에 놀란 것이었다.

장내가 술렁였다.

"저게 가능한가?"

"상위 레벨의 안드로이드겠지."

정보부장인 체호프가 말을 이었다.

"사람입니다. 그것도 과거 인류죠. 2013년을 전담하고 있는 케빈과 퀀튼 요원이 보내온 데이터와 일치합니다. 서울 북고 2학년 4반에 재학 중, 이름은 윤준서."

"저 학생이 세인트 존의 혈족이라고?"

"추정하고 있는 여러 명의 후보 중 한 명입니다."

"허면, 재난 프로젝트를 방해한 게?"

"예. 그럴 것이라 확신하고 있습니다. 물론 배후에는 아케론이 있겠지만."

의장 톰스킨이 자동으로 리플레이되는 화면을 주시하며 물었다.

"저런 전투 능력은 어디서 배운 건가."

"반군 군사 학교입니다."

"현재 재난 프로젝트에 투입되는 안드로이드로는 저놈을 막을 수 없다는 얘기로군."

"그래서 새로운 안드로이드를 준비했습니다."

정보부장 체호프가 손짓으로 누군가를 불렀다. 그러자 금발의 미소년이 회의장 안으로 들어왔다. 키도 크지 않고 계집애처럼 여리게 보이는 소년이었다.

"이름은 제롬. 이번에 대성당에 잠입하여 기사 수련생을 몰살시킨 안드로이드로 새로 제작한 최상위 레벨입니다."

"그래?"

"제롬이 확인했습니다. 저 준서란 놈이 군사 학교를 수석으로 졸업했다는군요."

의장 톰스킨이 제롬에게 물었다.

"아케론이 2013년도에서 불러들여 군사 학교에 보냈다는 얘긴데. 사실이냐?"

제롬은 수줍은 소년처럼 대답했다.

"네, 의장님."

보안 사령관 코번이 또 두서없이 나서서 무력 침공을 주장했다.

"그러면 답은 나온 거 아닙니까? 2013년도로 기갑사단 한 부대만 보내 초토화시켜 버립시다."

정보부장 체호프가 이번에는 날카롭게 반응했다.

"그러다 인과율 조정에 실패하면, 그 사태를 사령관께서 책임지시겠습니까?"

"그래서 어쩌자는 건데? 정보부는 대안 있어?"

"있습니다."

회의장에 앉아 있는 모든 사람들이 체호프를 바라보았다.

"일단 바이러스를 퍼뜨려 혼란에 빠지게 한 후, 제롬을 포함해 전투 안드로이드 몇몇만을 2013년으로 보낼 생각입니다."

보안 사령관 코번이 물었다.

"목표만 제거하자고?"

"그렇습니다."

"실패하면?"

정보부장 체호프가 자신 있다는 표정으로 씩, 하고 웃었다.

"그때는 사령관님의 스타일대로 하시지요."

그리고는 회의를 소집한 안톤 회장에게 말했다.

"지금은 멸종된 식재료들 중, 좋은 종자를 확보해드리겠습니다. 그리고 로버트 지사장은 안드로이드로 부활시켜놓겠습니다. 일단 그걸로 화를 푸시요."

안톤 회장은 체호프의 제안을 받아들였다. 그 정도면 가히 나쁘지 않은 조건이기 때문이었다.

"알겠네. 자네를 믿도록 하지."

버지니아 주 서쪽 블루리지 산맥 능선.

돌아오는 길에 알베르토는 흉물스러운 검붉은 땅을 보며 깊은 상념에 잠겨 있었다.

'전쟁은 두 인류를 모두 멸망시킬 수 있는 것을……'

알베르토가 수석 보좌관에게 지시했다.

"12사제단을 찾게. 진압군보다 먼저 찾아야 하네."

"예. 의장님."

* * *

열차 안은 30분간 정전이었다.

배터리로 작동하는 보조등이 켜지면서 객실 문 쪽만 환했다. 격렬한 총격전으로 인해 선로에 전기 트러블이 생기며 열차는 이미 운행을 멈춘 상태였다.

정신을 차린 준서는 자신의 몸 상태를 점검했다.

'완전 미쳤었어. 어디서 그런 힘이 생긴 거지?'

고열도 내리고 식은땀도 멎어 있었다. 한 번 폭발하고 나서 그런지 오히려 몸이 가벼워진 느낌이었다.

'몸은 정상이네.'

살아남은 승객들이 특실 쪽으로 몰려들었다. 아케론 일행을 보는 그들의 눈빛은 여전히 불안했다.

그들에게 있어서 반군은 범죄자요, 폭도, 심지어는 괴물일 테니까. 그것이 연맹의 교육 정책에 의해 머릿속에 박힌 인식이었다. 그리고 여기 있는 대부분의 사람들이 반군을 처음 봤을 것이었다.

아케론은 보조등의 희미한 불빛 아래 모여 있는 승객들에게 듣기 좋은 음성으로 말했다.

"고맙다고 말하고 싶으면 주저하지 말고 말하시오."

그러자 모네가 달려와 아케론에게 안겼다.

"아저씨, 고마워요."

"이런, 모네구나."

아케론이 활짝 웃으며 말했다.

"땅에서 사는 사람들, 괴물 아니지?"

"네."

그제야 다른 사람들이 반군 일행에게 감사를 표시했다. 그러면서도 불안함을 떨치진 못했다.

'이 분위기는 뭐지?'

준서는 그 상황을 조용히 지켜보았다. 누군가 용기를 내어 물었다.

"당신들은 어디로 가는 겁니까?"

아케론이 대답했다.

"연맹의 추적을 피해 도망가야 하는 게 우리네 신세요. 허허."

"우리는 어찌 되는 겁니까. 철도 보안과에서 우리를 죽이려고 했어요. 아이와 여자들까지 있는데."

아케론이 승객들 앞으로 나가 말했다.

"여러분들은 각자의 생활로 돌아가게 될 겁니다. 다만 R2를 투입했던 기억은 지우겠지요. 우리의 도움을 받았던 기억까지. 어쩌면 우리가 당신들을 죽이려 한 것으로 왜곡된 기억을 주입할 가능성도 있습니다. 그러면 여러분의 기억에 우리는 또다시 살인자로 남겠지요."

"……."

"그렇지만, 지금 이 순간만이라도 기억해 주시오. 우리는 여러분과 같은 사람이며, 우리의 적은 당신들이 아니라 당신들의 자유를 박탈하고 있는 연맹이란 사실을."

아케론은 열변을 토했다.

"언제까지 우리의 아이들에게 가공식품과 캡슐을 먹여야 합니까. 곡물 메이저가 식량을 20퍼센트만 증산해 줘도 여러분은 아이들에게 신선한 채소와 고기를 먹일 수 있습니다. 남는 물량을 오염된 바다에 처넣지만 않아도 좀 더 싸게 구입할 수 있습니다."

"사실입니까?"

"사실입니다."

"대체 왜 그런 짓을."

"가격 때문입니다. 돈 때문입니다. 그리고 그걸로 여러분을 지배하고 있기 때문입니다. 이것이 연맹과 곡물 메이저들의 실체이며, 이것이 우리들이 총을 들고 저항하는 이유입니다."

그때, 절묘하게 불이 들어왔다.

송전 시스템은 자동으로 돌아가는 모양이었다. 불이 들어옴과 동시에 박수가 터져 나왔다.

짝. 짝. 짝.

그럴 만했다. 아케론에의 말에는 카리스마가 있었다. 그는 진심을 다해 열변을 도했고, 그것은 사람의 마음을 움직이기에 충분했다. 듣고 있자니 준서의 마음에도 뜨거운 것이 치밀었다.

'멋진걸?'

레이나가 달려와 아케론의 볼에 키스를 해 주었다.

"오, 레이나 양 미안하게 되었소. 최고의 미인에게 결례를 범한 점. 사과드리겠소."

"목숨을 구해 줘서 고마워요."

"별말씀을. 하하."

"돌아온다면, 기다릴게요."

"나더러 나쁜 사람이라고 하지 않았소?"

"몰라요? 여자는 원래 자신을 구해 주거나 나쁜 남자에게 빠지는 법이에요. 당신은 나쁜 남자면서 날 구해 줬죠. 기계들로부터."

"호오, 설득력 있소이다. 일주일 후에 결혼한다는 그 사내는?"

"이름도 생각 안 나요."

"하하. 내 당신을 다시 보기 위해서라도 꼭 돌아오리다."

"약속 지켜줘요. 잊지 않을게요."

승객들도 여기저기서 한마디씩 했다.

"우리도 잊지 않겠소. 꼭 승리하여 우리에게 자유를 찾아주시오."

아케론은 그들을 향해 주먹을 꽉 쥐어 보였다.

"약속하겠소. 꼭 돌아와서 연맹의 깃발을 뽑아 버리겠소."

준서는 그 모습을 보며 생각했다.

'그 말이 옳아. 소중한 것들은 지켜져야 해. 그것이 무엇이든.'

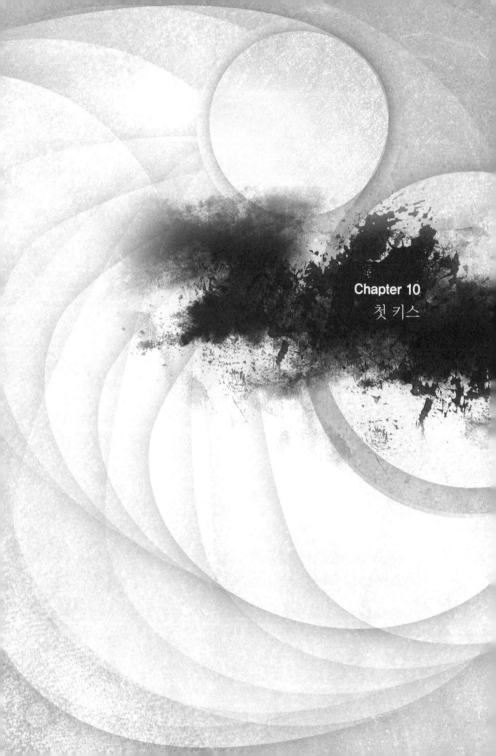

Chapter 10
첫 키스

눈을 떠 보니 신우의 방이었다.

후우, 돌아온 건가. 호흡을 가다듬은 준서는 침대에 기대 머리카락을 쓸어올렸다.

내가 뭘 하고 온 거지?

어렴풋한 기억들은 눈을 감으면 더욱 선명해졌다. 참혹히 부서진 금속의 잔해들, 검은 기름들…….

열차에서의 흥분이 아직 남아 있는지 심장이 펄떡거렸다.

어깨가 들리도록 숨을 깊숙이 들이마셔 보았다.

방 안 공기에는 구석구석 신우의 향기가 배어 있었다. 익숙한 향기는 심장의 두근거림을 안정시켜 주었다.

새벽 3시.

세상은 조용하다.

쌔근거리는 신우의 숨소리뿐이다. 생각해 보면 미래는 정말이지 끔찍했다. 천공의 도시에 갇혀 사는 사람들, 자유를 잃어버린 사람들. 그들은 자신들이 무엇을 빼앗겼는지도 모른 채 살아가고 있었다.

그것이 미래라면 싫다.

우리의 삶이 그때까지 지속되지 않을 거라는 사실이 차라리 다행이다.

신우의 방이라는 걸 알았을 때, 아니, 신우가 옆에 있다는 것만으로도 안도할 수 있었다. 현재에 있다는 것은 행복한 거다.

현재에 만족하자.

준서는 그리 생각하며 잠든 신우를 가만히 내려다보았다.

생김새 하나하나가 예쁜 신우. 객관적인 아름다움으로 말하자면 신우보다 예쁜 여학생은 얼마든지 있겠지만, 아니, 분명히 있을 테지만 준서가 생각하는 것은 지극히 주관적인 아름다움이다.

뭘 해도 그냥 예쁜 것.

긴 속눈썹, 반짝이는 눈망울, 가늘고 적당히 높은 콧날, 붉고 도톰한 입술, 그 생김새 사이에 엿보이는 빈틈마저도 예쁜 것.

그런 것이다.

신우의 도톰한 입술을 보며 문득 생각해 본다.

키스할까?

생각만으로도 가슴이 달음질쳤다. 그런 생각도 들었다. 가만히 깨지 않게 입을 맞추면 어떨까? 하고. 그러나 준서는 바로 자신을 질타했다.

'비겁하게. 신우는 지금 잠들어 있는데.'

후아. 열 좀 시킬까. 달빛을 받으며 베란다로 나갔다. 밤 공기는 고독하고 싱그러운 냄새를 풍겼다. 깊게 들이마시자 짙은 초록색 공기가 혹, 하고 폐로 들어왔다.

바람이 제법 있었다.

나뭇가지에 달린 무성한 잎이 사락사락 흔들렸다. 그 사이로 별이 떴다.

'오늘은 별이 굉장하구나.'

밤하늘을 올려다보며 그곳 어딘가에 있을 것 같은 서기 2525년을 찾아보았다. 분명 빛나는 하얀 알갱이, 나뭇가지 사이를 가득 메운 수많은 별빛 속에 시간의 터널이 있을 것이다.

그리고 그 너머에 서기 2525년이 있을 것이다.

'각자의 시간에서 잘 살면 좋을 텐데.'

미래, 혹은 다른 공간에서의 운동량이 현재에까지 영향을 미치는 걸까.

갑작스럽게 피로가 몰려들었다. 몇 시간이라도 눈을 붙일 생각에 준서는 다시 방으로 들어갔다. 그리고 신우의 침대 옆에 쪼그려 앉아 그대로 잠이 들었다.

*　　*　　*

신우가 알람 소리를 듣고 깬 것은 7시 30분이었다.

준서는 쪼그려 잠을 자고 있었다. 신우는 옆으로 누워 잠든 준서의 모습을 훔쳐보았다.

'날 지켜 주기 위해 이렇게 자는 거야?'

그렇게 생각하니 애틋한 마음이 들어 눈물이 날 것만 같았다.

'여태껏 밤을 지켜준 사람은 없었는데. 네 덕분에 푹 잔 모양이야.'

만지고 싶다. 신우는 길고 하얀 손을 내밀어 준서의 콧날을 매만졌다. 그러면서 손가락 끝에 느껴지는 신비로운 감촉을 음미했다. 간지러운 듯 준서가 콧잔등을 씽그리며 눈을 떴다. 신우는 동시에 준서의 눈앞에 얼굴을 디밀었다.

"나 일어났어."

"몇 시야?"

"7시 30분."

"아, 그래? 나도 일어나야겠네."

"내 생얼 어때? 죽이지."

준서가 눈을 비비며 초점을 맞췄다.

"입가에 묻은 거 뭐야? 하얀 거품인데 말랐네."

하, 이 분위기. 지금 싸우자는 거냐. 신우는 퉁명스럽게 톡 쏘았다.

"침이다, 왜."

"벌써 양치질한 줄 알았지."

"……"

같이 자고 일어났으면 동침한 거나 다름없는데 로맨틱한 대사는 못 날릴망정 뭐, 하얀 거품? 입가에 묻은 침 자국을 지적하다니. 발로 차버릴까? 좋아. 딱 한 번만 봐준다.

"이러고 있었으면 한숨도 못 잤겠다."

"아냐. 잤어."

"왜 침대 밑에서 잤어?"

준서는 졸린 눈을 끔벅였다.

"그럼 베란다에 나가서 자?"

나 지금 베란다랑 비교당한 거야?

신우는 어이가 없어서 그냥 웃어 버렸다. 그리고 배꼽이 보이도록 기지개를 켜며 떼를 썼다.

"아웅, 학교 가기 싫다. 놀자, 머슴."

"어제도 안 갔잖아. 오늘은 가야지."

"오래전에 핑크 프로이드(Pink Floyd, 영국의 프로그레시브 록 밴드) 님들이 말했지. We don't need no education.(교육 따윈 필요 없어.) We don't need no thought control.(사상 통제도 필요 없어.)이라고."

"그래? 그럼, 쉬어라. 난 학교 갈 테니."

신우의 얼굴이 준서의 앞으로 불쑥 가까이 다가왔다.

"도망치듯 빠져나가려는 이 장면은 뭐지? 혹시 자고 있는 사이에 덮친 거 아냐?"

"아냐. 무슨 소리야."

아니라고? 이 용기 없는 패배자! 도저히 용서할 수 없다. 퍽. 결국 신우는 발을 뻗어 발바닥을 준서의 뺨에 붙였다.

"……!"

준서의 입장에서는 황당하기 짝이 없다.

뭐냐. 이건.

끙. 정확히 뭘 잘못했을까. 아무리 생각해 봐도 답이 없다. 이런 건 누군가 정해 줘야 한다. 어디서부터 뭐가 잘못되었는지.

그때, 신우가 침대에서 내려오려기에 물었다.

"어디 가는데?"

"씻고 학교 가려고."

"교육 따윈 필요 없다며. 핑크 프로이드 님들이 그랬다며."

찌릿. 레이저를 쏠 것 같은 신우의 눈빛에 준서는 꼬리를 내렸다.

"……응, 알았어. 너 씻고 나오면 나 씻을게."

"아래층에 욕실이 세 개나 있거든?"

역시 찬바람이 쌩하고 분다. 이럴 때는 한발 물러서는 수밖에.

"그래. 그럼 아래층 가서 학교 갈 준비할게."

"그러든가 말든가."

다시 학교에 가는 것은 하루 만의 일이었지만 느낌이 좀 달랐다.

다른 사람의 하루 동안, 준서는 여러 번의 하루를 반복했기에 마치 먼 여행이라도 다녀온 기분이었다.

학교 분위기는 지루할 정도로 평온했다.

다들 시험 준비 때문에 바쁜 눈치였다. 물론 몇몇은 빼야 한다. 반 짱 종철이는 제 패거리들에게 다른 학교 불량한 놈과의 전쟁(?)을 무용담처럼 늘어놓았고, 신우는 유일한 친구 미진이와 수다를 떨었고, 성구 녀석은 시크릿 멤버 전효성의 속옷 화보를 보며 부위별로 등급을 매기는 만행을 저질렀다.

이렇게 평온한 일상은 오랜만이었다.

전효성의 몸매에 대해 연구가 끝난 모양, 성구 녀석이 다가와 음흉하게 웃었다.

"오, 벙커의 연인들. 안 본 사이에 부쩍 가까워진 것 같은데?"

"가서 공부해라."

"공부가 먹는 건가요? 캬캬캬."

"안타까워서 그래. 자꾸 네 미래가 보여서."

"오호. 땡땡이 깐 날 작두라도 타셨나? 그래, 당신이 본 내 미래가 어떻던가?"

"너, 커서 데프콘 됐더라."

평소 그렇게 느물거리는 성구 녀석도 데프콘이라는 말에는 발작적으로 반응했다.

"에이, 쌍. 무슨 말을 그리 심하게."

"싫으면 공부 좀 하든가."

역시 성구는 사람을 유쾌하게 만드는 재주가 있다. 녀석 덕분에 웃었더니 머릿속이 개운해졌다. 그러다 말끝에 성구 녀석이 처음 듣는 얘기를 했다.

"야. 근데 누가 전학 온다는데?"

"그래?"

"내가 알아봤는데, 놈은 알려진 바가 없어."

"뭔 소리야."

"이를테면, 강호의 은둔 고수랄까?"

"지랄."

*   *   *

　일과를 마친 준서와 신우는 하교를 하던 참이었다.

　바람이 좋은 저녁이었다.

　준서의 뱃속에서 꼬르륵 소리가 났다. 근처를 지나가던 여학생이 돌아볼 정도였다. 그 소리에 신우도 까르르 웃음을 터뜨렸다.

　"밥 먹으러 갈까? 나도 배고픈데."

　"돈이 없네."

　"패밀리 레스토랑 갈까? 두툼한 고기 피 뚝뚝 흐르는 걸로 320그램은 먹어 주고, 치즈 끈적거리는 파스타와 과일 디저트로 마무리해 줘야 양이 좀 차지. 안 그래. 머슴?"

　"비싸잖아."

　신우가 지갑에서 플래티넘 카드를 꺼냈다.

　"한도 무제한이야."

　"싫어. 느끼해."

　결국 둘은 한남역 앞에 있는 조그만 분식집으로 들어갔다.

　가게는 깨끗하고 한적했다. 손님은 직장인 서넛뿐이었다. 주인아저씨는 텔레비전을 보고 있다가 '어서 와.' 하며 반겼고 준서와 신우는 벽 쪽 테이블에 자리를 잡았다.

　"뭐 먹을까?"

　"쫄면."

　신우의 말에 준서가 얼굴을 들었다.

　"뭐야. 배고프다며."

"내가 그랬나?"

"응."

신우는 수줍은 듯 고개를 떨구었다.

"다이어트할까 봐. 아랫배가 볼록해. 똥배."

"좋은 생각이다."

"너!"

"아냐. 나도 쫄면."

문득 준서의 머릿속에 떠오르는 게 있었다. 뜬금없는 똥배 얘기의 발단은 한강에서 신우를 업었을 때, 무겁다고 말한 장난스러운 한마디였다.

"한강 둔치에서는 장난이었어. 무겁다고 한 거, 미안해."

"사과하는 척하며 무겁다고 또 말했어. 히잉."

"......"

"그래. 나 뚱뚱하다. 그렇다고 해서 엄청나게 먹을 거라 오해하지 마라."

"아냐, 안 뚱뚱해. 내가 어제 다 봤잖아. 팬티 바람인 거."

너무 크게 말한 모양이었다. 와아, 하고 분식집 안에 있던 사람들의 야유가 터져 나왔다. 신우의 뺨은 금세 발그레해졌다.

"그걸 다 공개하면 어떡해, 이 바보야!"

몇몇은 준서와 신우를 향해 손으로 V자를 그려 보였다.

잠시 후 주문한 쫄면이 나와 둘이 나란히 젓가락을 들었다. 매콤달콤한 냄새가 코끝을 자극했지만 창피함 때문에 먹는 둥 마는 둥 대충 그릇을 비워내고 자리에서 일어났다.

계산을 마치고 밖으로 나왔다.

올려다보니 하늘 가득 별이었다. 신우가 슬쩍 준서에게 팔짱을 꼈다. 유엔 빌리지로 올라가는 가로수 길은 고요히 가라앉아 있었다. 사람의 통행도 거의 없었다. 살짝 불어오는 바람에 쫄면의 매운맛 때문에 맺힌 이마의 땀이 시원하게 식어 갔다. 그 바람을 따라 신우의 머리칼도 부드럽게 흔들렸다.

좋은 날이다.

이런 날이 계속될까? 우리가 어른이 되어서도 말이야.

같은 생각을 한 모양인지 신우가 물었다.

"우리도 늙겠지?"

"아마도."

"생각하면 슬퍼."

"그런 생각을 하기엔 우린 너무도 젊어."

"나, 데리고 살 거지?"

"결혼 말이야?"

"응."

"대학 졸업하고 취업하면 그래야지."

"약속?"

준서는 대답 대신 희미하게 웃었고, 신우는 당찬 포부를 밝혔다.

"난 애를 셋 이상 낳을 거야. 크면서 심심하지 않게. 그리고 애들이랑 많이 놀아줄 거야."

나란히 걷다 보니 신우의 가슴이 준서의 팔뚝 위를 살짝살짝 스쳤다. 팔짱을 꽉 낀 탓이었다. 그럴 때마다 팔꿈치가 찌르르, 하고 울렸다. 이럴 때는 어떻게 해야 하는 거지?

계단이 나왔다.

아래서 올려다보니 계단 끝이 밤하늘에 푸르스름하게 떠올라 있었다. 그제야 알았다. 이 계단이 꽤 높았구나.

신우가 그 끝을 올려다보며 말했다.

"왜 약속 안 해?"

분명하게 다짐해 두고 싶은 심정인 것이다.

"그렇게."

준서는 가만히 끄덕였다.

그러자 신우가 두 눈을 감고 얼굴을 내밀었다. 무엇을 원하는지 알 것 같았다. 남자로서 물러날 수는 없었다. 준서는 생침을 꿀꺽 삼켰다. 그러자 심장이 빨리 뛰기 시작했다.

"나, 여학교만 다녔어."

"무슨 말이야?"

"키스 처음이라고."

"아."

"그리고 방금 쫄면 먹었어."

"나도 먹었어."

이제 준서는 자신이 상남자임을 증명할 시간이 되었다.

준서는 신우의 양 볼을 두 손으로 가볍게 감쌌다. 그렇게 씩씩하던 신우도 긴장을 했는지 가늘게 떨고 있었다.

입을 맞췄다. 아니, 키스를 했다.

앞니가 서로 부딪쳤다.

신우의 입술은 아기의 속살처럼 부드러웠다. 게다가 좋은 향기도
났다.

신우는 잇몸이 보이도록 활짝 웃었다.

"아, 달콤하다. 그지?"

"응."

"사방에 눈이 내리고 제야의 종소리가 울린 건 아니지만 달콤하긴
하다. 첫 키스."

"혀에 쫄면 맛이 남아서 그럴 거야."

"뭐야!"

신우의 눈썹이 치켜 올라가는 순간, 준서는 잘못을 깨달았지만 이
미 늦은 후였다.

"……!"

퍽. 신우의 단화가 정강이를 걷어찼다.

"악!"

"오늘은 무효. 내일 다시."

열여덟 살의 신우.

누군가의 말마따나 지금이 신우의 가장 젊은 모습일 것이다. 그리
고 이 순간은 영원히 다시 돌아오지 않을 것이다.

내일 다시라고? 그래. 내일도 키스하고 싶다. 날이면 날마다. 그럴
수만 있다면.

하지만 오늘 밤의 키스는 결코 잊을 수 없겠지.

무엇으로 이 순간을 붙잡을 수 있을까.

방법은 하나다. 지금 신우의 모습을 눈동자 속에 가만히 가두어 두는 것. 너무 또렷이 쳐다봐서일까, 신우의 목소리가 움츠러들었다.

"내가 너무 까불었어?"

"아니."

"그럼 표정이 왜 그래?"

"잊어버릴까 봐. 나중에 세월이 흘러 중년 아저씨가 되더라도 기억하려고."

그제야 신우의 갸름한 얼굴에 웃음이 번졌다.

우리는 다시 계단을 올랐다. 헤어지기가 약간은 아쉬웠다.

가로등 불빛을 받은 신우의 옆얼굴은 평소와는 달리 우수에 잠긴 듯했다.

"오늘은 괜찮겠어?"

"응. 아줌마 계셔. 경호원 아저씨들도 있고."

"이상한 것들이 나타나면 언제든 날 호출해. 금세 올 테니."

"빨리 올 수 있어?"

"나 능력자잖아."

"맞다. 이제 안심이 된다."

둘은 계단 손잡이에 나란히 기대어 한강의 야경을 한참이나 바라보았다. 신우의 눈동자에 네온 불빛이 비쳐 별처럼 반짝거렸다.

"와아, 우리 동네 야경이 이렇게 예뻤나?"

"그러게."

"오늘도 일기 써야지."

신우는 눈웃음을 지으며 손가락으로 입술을 톡 쳤다.

첫 키스를 한 날이란 뜻이다.

아쉬움을 뒤로한 채 신우는 남은 계단을 한걸음에 달려 올라갔다.

"내일 봐."

"아침에 버스 정류장에서 기다릴게."

"꼭!"

시계를 보니 벌써 밤 9시가 되어가고 있었다.

막 되돌아 계단을 내려오려 할 때였다. 별 옆에서 반짝이는 광원이 눈에 들어왔다.

"……!"

불길한 전조.

저 빛을 본 날은 늘 시간의 왜곡이 일어났었다.

그로 인해 두 개의 공간이 충돌했었고, 다른 평면의 성구를 만났었다. 불안했다.

내일도 그런 일이 벌어질까.

'느낌이 좋질 않은데.'

보통 때는 금방 사라졌던 것이 오늘은 꽤나 오래 빛을 발하다 사라졌다. 어떤 현상이 일어날지는 모르지만 저 빛이 미래와 관련된 것만큼은 분명했다.

*　　　*　　　*

금요일.

오랜만의 공휴일인데 서울 곳곳에서 핸드폰이 한 시간 동안 불통이었다.

성질 급한 사람들은 화를 냈고, 각 통신사 고객 센터에는 문의 및 항의 전화가 빗발쳤다. 심지어 고객 센터에 쳐들어가 기물을 부수고 폭행까지 저지른 사람도 있었다.

쯧쯧, 혀를 차며 아빠가 준서를 깨웠다.

"우리나라 사람들은 문제야. 다혈질에, 조급증에. 핸드폰이 좀 안 터지면 어떻다고. 조금 느긋하게 살 수는 없나?"

"왜 이렇게 일찍 깨워."

"외식하러 나가게."

웬일이실까. 집에서 먹는 밥이 제일 맛있다던 양반이.

"누나랑 오붓하게 데이트해. 난 더 잘래."

"신우가 혼자라기에 같이 가려고 했는데."

이불을 당겨 덮으려다가 신우라는 말에 준서는 침대에서 벌떡 일어났다.

"가끔 외식은 함께해 줘야 가족이지."

전화를 했더니 신우는 귀청이 떨어져 나가도록 소리치며 좋아라했다. 우리는 한남동에 가서 신우를 픽업했다. 옷차림을 보니 꽤나 신경을 쓴 것 같았다. 이 씩씩한 여학생은 평소와는 다르게 수줍고 조신한 척을 했다.

물론 연기지만 그 덕에 아빠와 누나는 무척 흡족해했다.

빵빵.

아빠가 1호 터널 방향의 커브 길을 빠져나오며 천천히 달리자 뒤차가 클랙슨을 계속 울려댔다. 짜증이 날 정도였다. 그러거나 말거나 아빠는 느긋하게 안전 운행을 했다.

"뭐가 그리 급하시나."

결국 뒤차가 추월을 하며 욕지거리를 했다.

"야 이 자식아. 도로 주행 나왔냐!"

아빠가 뒤늦게 반응을 했다.

"저걸 확!"

다분히 의도적인 늦은 반응이다. 누나가 아빠를 말렸다. 안 말려도 아무 일 없을 텐데.

"왜 그래요. 참아요."

누나가 말리자 아빠는 허풍을 떨었다.

"당신이 참으라니까 내가 참는 건데, 안 말렸으면 나 오늘 사고 쳤다. 내 성질 알지?"

"네, 알아요."

누나는 착하게도 아빠의 행동을 다 받아 주었다. 그러나 내숭을 모르는 신우는 웃음을 참지 못했다.

"풋."

"어, 신우. 왜 웃어. 아저씨 못 믿는 거야?"

"아뇨. 믿어요."

아빠의 허풍이 이어졌다.

"준서만 했을 때 내 별명이 불광동 휘발유였어."

"아빠 불광동에 안 살았잖아."

"아, 자식이. 메타포(metaphor, 은유)를 이해 못 하네. 꼭 불광동에 살고 안 살고가 중요하냐? 그만큼 연비가 좋다는 뜻이지. 안 그래, 당신? 당신은 알잖아, 내 정력."

쿨럭. 정력?

대체 뭔 말이람. 말의 앞뒤도 안 맞고 아들의 여자 친구 앞에서 정력이라니. 누나의 얼굴이 홍시처럼 빨개졌다. 준서는 고개를 절레절레 흔들었다.

"아, 부끄럽다."

"왜. 내가 창피해?"

"완전 창피합니다요."

"하하하."

신우는 목젖이 보이도록 웃어젖혔다. 그리고 한술 더 떴다.

"그건 유전되나요?"

"그럼. 가문의 내력인데."

"꺄악, 신난다."

"으핫핫. 신우만 내 유머를 받아 주는구나."

뭐, 어찌 됐건. 아빠 때문에 분위기가 유쾌해진 건 사실이었다.

1호 터널 방향이 갑작스레 차가 막혔다.

아빠가 '사고라도 났나?' 라고 말했다.

정말이었다. 차량 두 대가 떡 하니 길을 막고 있었다. 가벼운 접촉 사고로 사고 자체는 심각해 보이지 않았다.

문제는 그게 아니었다.

운전자끼리 싸움이 벌어졌고, 그 싸움이 지나친 게 문제였다. 한 사람이 길바닥에 쓰러져 있었고, 그 사람의 배에서는 유혈이 낭자했다. 다른 운전자가 칼로 배를 찌른 것이었다. 이런 일로 칼부림을 하다니. 전화 불통 일도 그렇고, 왜 이렇게 사람들이 격한 걸까. 찌른 사람은 칼을 든 채 멍하니 서 있었다. 아까 아빠한테 욕설을 했던 그 사람이었다.

누나가 새하얗게 질린 얼굴로 물었다.

"죽은 거예요?"

"뭐야. 아까 그놈 아냐? 단순한 접촉 시비인데. 너무 심한걸?"

"무섭네요."

아빠가 찝찝해했다.

"그러게. 나랑 시비가 붙었을 수도 있잖아."

"어서 가요."

"그러자고."

아빠는 차선을 바꿔 빠져나갔다.

사고 현장을 지나치며 칼을 든 사내를 보았다. 그는 넋이 나간 표정으로 땅을 쳐다보고 있었다.

"……?"

눈빛이 이상했다. 광기에 사로잡힌 그런 눈빛이었다. 급히 출동한 경찰이 그에게 다가가 칼을 빼앗았다. 이어 119구급차의 사이렌 소리가 급하게 울렸다.

차 안 공기가 무거워지자 아빠가 말을 돌렸다.

"한우 투 플러스 먹으러 가자. 신우 어때?"

"좋아요."

준서는 반대했다.

"스파게티 먹으러 가."

"스파게티? 너무 느끼하잖아."

"누나가 좋아해. 깔끔한 봉골레 스파게티 같은 거. 아빠가 그런 거 알기는 해? 누나가 가사 도우미도 아니고. 같이 나가서 맛난 것 좀 사주란 말이야."

"준서야, 난 괜찮아."

평소 같으면 '거 봐, 괜찮다잖아.'라며 고집을 피웠을 아빠가 웬일로 흔쾌히 준서의 말에 따라주었다.

"아니야. 준서 말이 맞아. 가자, 스파게티 먹으러. 어디가 맛있냐?"

글쎄? 막상 정하려니 아는 데가 없었다. 뜻밖에도 신우가 대답했다.

"H 호텔이요."

"요기 남산에 있는 거? 오케이."

누나의 눈가가 또 슬며시 젖었다. 그런 그녀를 보며 준서는 속으로 뇌까렸다.

무슨 죄를 지었다고 툭하면 눈물 바람이에요. 앞으로는 그러지 말아요. 누나는 떳떳이 사랑을 쟁취한 거고. 그건 대단히 잘한 일이에요. 어디 아빠 같은 남자 마음 열기가 쉬운가요. 매일 하루도 빠짐없이 엄마만 그리워하던 그런 사람인데. 그런 아빠의 마음을 얻은 것만해도 대단한 거라고요. 그러니 이제 행복해져도 돼요. 난 괜찮으니.

아빠가 룸미러로 뒤를 보며 물었다.

"신우야. 이렇게 무뚝뚝한 놈이 뭐가 좋냐?"

"멋있어요."

"허 참, 너같이 예쁜 애가. 내 아들이지만 솔직히 네가 아깝다. 지금이라도 정신 차리렴."

신우가 배시시 웃었다.

"싫어요. 안 차릴래요."

"하긴, 나 닮아서 여자가 좀 따르긴 할 거야. 아저씨가 젊었을 때 완전 잘 나갔거든."

"정말요?"

준서가 시큰둥하게 말했다.

"뻥이야."

아빠는 아랑곳하지 않고 신우에게 물었다.

"부모님은 어떤 분이셔?"

"우리 아빠 별로예요. 아빠도 내가 별로일 거예요."

"뭐 하시는 분이냐고 묻는 거야. 우리 아빠 속물이거든. 직업은 뭐냐, 재산은 어떻게 되냐. 이런 걸 묻는 거야."

신우가 그제야 이해했다는 듯 다시 대답했다.

"아, 외교관이세요. 재산은 아주 많은가 봐요."

"……."

아빠는 잠시 말이 없었다. 그러다 조금은 진중해진 목소리로 말했다.

"자식한테 별로인 아빠는 있어도, 아빠한테 별로인 자식은 없어.

아빠는 분명히 널 사랑하실 거야."

가슴이 뻐근했다. 신우한테 한 말이지만 분명 말의 방향은 준서 자신을 향하고 있었다.

"그만 해. 기분 꿀꿀해져."

"그럴까?"

누나가 눈치를 채고 분위기를 전환시켰다.

"그래요. 우리 라디오나 들어요. 93.9MHz 좋아하죠?"

"좋지."

"어? 근데 이상해요. 채널이 안 잡혀요."

"지하 주차장도 아닌데 그럴 리가. 응? 정말 안 잡히네."

이리저리 채널을 돌려 봐도 먹통이어서 결국 라디오를 듣지 못했다.

준서는 생각이 복잡해졌다. 전화가 불통이 된다거나 FM 주파수가 안 잡힌다거나. 가볍게 생각하면 그러려니 하고 넘어갈 수 있는 일이었다. 흔히 있는 일이니까. 그러나 왠지 어젯밤에 본 광원과 연관이 있을 것 같다는 불길한 예감이 들었다.

*   *   *

H 호텔의 레스토랑은 캐주얼하면서도 고급스러운 컨트리하우스를 연상케 해 웬만한 여자들이라면 누구나 좋아할 만했다. 누나와 신우는 손까지 잡고 웃으며 수다를 떨었다. 가벼운 스낵바를 가면 비용이 좀 싸게 들겠지만, 아빠는 시원하게 다이닝룸에 데려가 풀코스로 쐈

다.

준서 일행은 경치가 좋은 테라스로 자리를 잡았다.

준서는 아빠를 따라 프라임 스테이크를, 그 여자와 신우는 바닷가재 볼로네이즈 스파게티를 메인으로 하고 민트 시럽을 곁들인 신선한 과일을 후식으로 주문했다.

"와, 인테리어 완전 끝내준다. 그죠, 언니?"

"그러게. 좀 비싸지 않을까?"

"우리 여자들은 이런 데서 대접받을 권리가 있다고요."

"으응. 익숙하질 않아서."

"아저씨. 언니 외식 좀 자주 시켜 주세요. 익숙하질 않다고 하잖아요."

아빠가 변명을 늘어놓았다.

"그럼. 앞으로는 이런 데 자주 올 거야. 그동안은 내가 바빠서 그랬지."

궁색하긴.

또 다른 사랑이 생겼다고 그것이 죄를 짓는 건 아니다. 아빠가 누나와 사는 것도 죄를 짓는 건 아니다. 아빠의 궁색한 변명은 엄마에 대한 예의일 것이다. 이런 정도를 호사라고 생각하고, 그것을 누리는 일이 미안한 것이다. 엄마한테는 이렇게 해 준 적이 없어서, 그걸 누나에게 해 주는 것이 못내 마음이 쓰이나 보다.

전에는 당연히 그래야 한다고 생각했는데, 그래서 아빠와 누나에 대한 태도가 불량스러웠던 건데 이젠 생각이 달라졌다. 시간과 공간에 대해 이해를 하며 생각이 훌쩍 커버린 탓이다. 엄마가 살아 돌아오

지 않는 한, 두 사람은 마음껏 행복해도 된다는 생각이 들었다.

서로의 공간에서 행복하면 그것으로 충분할 테니까.

물론 이 모든 것 앞에는 엄마의 사고를 막았을 때라는 전제가 붙는다. 그리고 엄마의 운명을 바꾸는 건 준서 자신의 몫이라 생각했다. 아직은 용기가 나질 않고 자신도 없지만.

그러는 동안 메인 요리가 나왔고, 신우가 가재의 하얀 속살을 포크로 찍어 준서에게 내밀었다.

"이거 먹어 봐. 여기 바닷가재 냉동 아니야."

"어떻게 알아?"

"몇 번 와봤거든."

"역시 부잣집 딸은 다르군."

"치잇. 부자인 게 잘못이야?"

"그래. 그건 신우 말이 맞다. 가난이 죄가 아니듯 부자인 것도 죄는 아닌 거다."

어찌 됐건 오랜만의 외식은 즐거웠다. 그러나 그 즐거운 분위기를 망치는 일이 발생했다. 캡틴이라는 여자가 와서 자리 변경을 요청한 것이다.

"손님. 죄송합니다."

"무슨 일이오?"

"이 자리가 예약석인 줄 모르고 저희가 실수를 했습니다. 죄송하지만 자리를 좀 옮겨 주시면 고맙겠습니다."

"아, 그래요? 그럼 그렇게 하죠. 당신 괜찮지?"

"네. 저는 괜찮아요."

"알겠소. 어느 자리로 옮기면 되겠소?"

캡틴의 태도는 정중했지만 그다지 기분 좋은 일은 아니었다.

애당초 좌석 배정을 잘못한 건 호텔 쪽이니까. 그래도 아빠는 그녀의 말에 따라주었다. 캡틴의 요구를 거절한 건 뜻밖에도 신우였다.

"아뇨. 우리 여기서 그냥 먹어요. 레저베이션 팻말도 없는데 무슨 예약이에요? 우릴 바보로 아는 거예요?"

"솔직히 말씀드려야겠군요. 이 테라스는 특석입니다. 한데, 워킹 손님에겐 득석을 주지 않는 규정이 있어서요. 호텔 VIP만……."

"호텔 VIP만 사람 취급한단 말이에요?"

"죄송합니다. 손님."

"죄송할 짓을 말았어야죠. 다시 한 번 말하죠. 우린 이 자리에서 먹을 거예요."

캡틴의 말에 준서도 살짝 뚜껑이 열리긴 했지만 소란을 피우고 싶진 않았다. 그래서 준서는 신우를 설득했다.

"옮겨서 먹자. 이럴 것까지 뭐 있냐."

하지만 이상하게도 신우는 완강했다.

"싫어, 싫다고."

그렁그렁 맺힌 신우의 눈물을 보자 준서는 더 이상 아무 말도 하지 못했다. 업장 매니저가 와서 다시 한 번 사과와 양해를 구했다. 그러나 그의 태도에는 문제가 있었다. 대단히 거만했던 것이다.

"좋습니다. 저희 직원의 실수를 인정하겠습니다. 식사비를 받지 않을 테니 일어서 주시죠."

"뭐예요? 식사비를 안 받아? 우리가 거지예요?"

신우가 따지자 업장 매니저란 자가 눈빛이 변하며 막말을 했다.

"이래서 진상 손님은 피곤하다니까. 여기 담당 웨이트리스 누구야. 누가 받은 거야?"

진상 손님? 특급 호텔에서 이럴 수는 없었다. 화도 났지만 좀 이상한 생각이 들어 준서는 업장 매니저를 유심히 지켜보았다. 스트레스 때문인지 그의 눈동자는 불안해 보였다.

"내가 처음으로 가족처럼 밥 먹는데 그것도 안 돼? 총지배인 불러와. 당신은 해고야. 당신은 해고라고!"

"이 조그만 계집애가. 네가 뭔데 해고란 말을 입에 담아!"

보다 못한 아빠가 나서서 업장 매니저에게 호통을 쳤다.

"이봐. 계집애라니. 당신 이렇게 막말해도 되는 거야?"

그때였다. 프런트의 연락을 받은 호텔 총지배인이 테라스로 들어왔다. 오십 대는 되어 보이는 신사였는데 놀랍게도 그가 신우에게 정중히 인사를 했다.

"아가씨. 연락도 없이 오셨습니까."

신우에게 아가씨라니. 이게 무슨 상황이지?

"이 사람 해고시키세요."

"우리 호텔 대주주의 외손녀분이시네. 실수한 게 있으면 사과드리게."

호텔 대주주의 외손녀? 준서는 아빠와 누나를 번갈아 쳐다보았다. 놀라긴 두 사람도 마찬가지였다. 셋 다 멍하니 정신을 못 차리고 있는데, 이상한 일이 발생했다.

"나더러 사과를 하라고?"

업장 매니저가 돌연 식사용 나이프를 들더니 신우의 목에 그걸 겨눈 것이었다.

"흐흐. 필요 없어. 여기는 내 직장이야. 내가 왕이라고. 그러니 다 나가."

정상이 아니었다. 동공은 풀려 있었고, 입가에는 게거품을 물고 있었다. 순간, 준서는 아까 사람을 칼로 찔렀던 운전자를 떠올렸다.

'그 사람과 눈빛이 똑같다.'

〈다음 권에 계속〉

신룡의 주인

『더스크 하울러』, 『환수의 주인』의 작가!
태선 판타지 장편소설

알테리온가의 막내아들 샨,
알에서 태어난 특급 용 카이.
평범하지 않은 둘의 좌충우돌 학교생활이 시작된다!

dream
books
드림북스